Herzkompass

Es ist Zeit

AF198590

Kaj-Magdalena Molnár

Herzkompass

Es ist Zeit

Bibliografische Information der Deutschen Nationalbibliothek: Die Deutsche Nationalbibliothek verzeich-
net diese Publikation in der Deutschen Nationalbiblio-
grafie; detaillierte bibliografische Daten sind im Inter-
net über dnb.dnb.de abrufbar.

Herstellung und Verlag: BoD – Books on Demand,
Norderstedt

ISBN: 9783751933049

Inhalt

Vorwort

Es gibt Tage, an denen uns alles was wir sind, zu sein glauben oder zu sein glaubten, lächerlich unbedeutend vorkommt in den unendlichen Weiten des Universums. Unsere Erfahrungen haben uns gelehrt, wie man sich im schnelllebigen Alltag zurechtfindet, und doch gibt es Momente, da wirken all unsere Bemühungen, ein glückliches Leben zu führen und Erfüllung in dem zu finden, was wir tun, lächerlich. Wir richten unseren trüben Blick auf die Menschen, die in unseren Augen alles haben, was man vermeintlich zum Glück braucht, und entfernen uns immer weiter von uns selbst, während unser Selbstmitleid und die Überzeugung steigt, dass wir nichts an unserer Situation ändern können.

Ebenso gibt es aber auch Momente, da fühlen wir uns rundum wohl und sind dankbar für alles, was wir haben. Dann kommt es uns fast so vor, als wäre alle Last von uns genommen und wir voll und ganz Schöpfer unseres Schicksals. Jeden Sonnenstrahl, jede Blume und jedes Lächeln nehmen wir plötzlich wieder ungefiltert wahr, und ein Glücksgefühl breitet sich in uns aus, das uns wieder träumen lässt. Kraft und Zuversicht kehren zurück in unseren Körper, und unser Geist wartet voller Spannung auf das nächste Abenteuer.

Oft vermag aber erst das unmittelbare Annähern an einen Abgrund oder eine scheinbar unüberwindbare Hürde in unserem Leben, uns die Augen zu öffnen für das, was wirklich zählt. Und all die Möglichkeiten, die wir bis dahin aus Angst oder Stolz noch nicht einmal in Betracht gezogen haben, ziehen wir nun in Erwägung.

Die Schritte ins Unbekannte, Unsichere sind unglaublich schwer, und es bedarf einer großen Portion Mut, sie trotz aller Widrigkeiten zu wagen. Und selbst wenn die ersten Hürden genommen sind, gibt es keine Garantie dafür, dass das, was sich dahinter verbirgt, besser ist als unsere Ausgangsposition. Und dennoch möchte ich nicht zu den Menschen gehören, die sich aus Angst vor den beschränkten Meinungen und schnellen Vorurteilen anderer, oder aus Angst vor Enttäuschungen nicht mehr bewegen. Ich möchte glauben, dass das Sich-Einlassen auf neue Wege bereits ein Teil dessen ist, wofür es sich lohnt, zu leben und dass jedes Abenteuer uns mehr zu uns selbst führt und schlussendlich glücklicher macht.

Ich wünsche euch allen den Mut für ein paar kleine und größere Schritte ins Ungewisse, die wärmende Sonne im Gesicht, den Wind des Antriebs im Rücken und viel Spaß beim Lesen.

Eure Lena

Montagmorgentrübsal

Was will ich? Nun ja, sicherlich gab es Fragen, die sich an einem kühlen Herbstmorgen gegen sieben Uhr dreißig morgens leichter beantworten ließen, und dennoch ließ mich genau diese nicht mehr los. Ich erhöhte mein Lauftempo und fühlte die kalte Morgenluft in meine Lungen strömen. Ob das mit meinem unaufhaltsam näher rückenden vierzigsten Geburtstag zu tun hatte? Plötzlich bemerkte ich eine alte Frau am Straßenrand, die mit einem Bund Rosen im Arm und einem zufriedenen Lächeln im Gesicht auf den langsam anrollenden Bus wartete. Das intensive Rot der Blüten verlieh dem Moment im grauen Trist dieses Montagmorgens einen Farbkleks, als käme er aus einer anderen Dimension, als wäre dies die Antwort auf alles Ungeklärte, auf alle Fragen, alle Zweifel. Diese Frau wusste sicher genau, was sie wollte und musste gewiss nicht pünktlich um 7 Uhr morgens zum Joggen die Wohnung verlassen, um eine dreiviertel Stunde später völlig abgekämpft zurückzukommen, nur um das Gefühl zu haben, wenigstens in dieser Zeit etwas nur für sich getan zu haben und dadurch eine Art Befriedigung zu verspüren. Ich bog frustriert in meine Straße ein, mobilisierte noch einmal alle Kräfte und sprintete bis zu dem großen eisernen Tor des Mehrfamilienhauses, in dem ich nun schon über drei Jahre mit Jim, meinem Lieblingsmenschen und Seelenverwandten, wohnte.

Ich schloss die Wohnungstür auf, streifte die nassen Turnschuhe ab und ließ auf dem Weg ins Bad meine Klamotten stückweise hinter mir fallen. Das war also mein Leben? Mit fast vierzig war das einzige, was ich vorzuweisen hatte, ein passabler Körper, dessen Vitalität und Spannkraft sich in letzter Zeit allerdings zunehmend auf dem absteigenden Ast befand und der sich morgens in der Nackenregion anfühlte, als wäre ein Schwerlasttransporter mehrfach drübergerollt? Erst kürzlich hatte ich darüber hinaus festgestellt, dass die Fältchen in meinem Gesicht, denen ich bisher versöhnlich gestimmt das Lachen als Entstehungsursache unterstellt hatte, eben gar nicht nur von fröhlicher Mimik herrührten. Es hatte sich nämlich eine nicht mehr glattzustreichende Falte in der Mitte meiner Stirn manifestiert, die mich täglich daran erinnerte, dass ich viel zu oft viel zu grimmig dreinschaute. Was will ich, hämmerte es in meinem Kopf. Das heiße Wasser prasselte mir ins Gesicht, und ich dehnte meinen schmerzenden Nacken. War es nicht die tragende Botschaft meiner Kindheit gewesen, dass ich alles erreichen konnte was ich wollte, ich müsste es nur wirklich wollen? Und nun stand ich hier und wusste nur eins: das was ich mal wollte und nun hatte, wollte ich so nicht mehr. Aber was ich stattdessen wollte, wusste ich nicht. Und wie ich rauskriegen sollte, was ich wollte, wusste ich erst recht nicht.

Gedankenversunken schüttelte ich den Kopf, während ich das Wasser abstellte und mein großes, flauschiges, rosa Handtuch um meinen Körper schlang, das ich als eines der wenigen Dinge von zuhause mitgenommen hatte, als ich vor Jahren meine Koffer fürs Studentenwohnheim gepackt hatte. Ich konnte mich genau daran erinnern, wie nervös ich gewesen war, als ich damals zum ersten Mal vor diesem riesigen Hochhaus am Rande des Univiertels stand. Links und rechts von mir standen meine Eltern, beide mit einem Klos im Hals und einer Träne im Augenwinkel. Ich hatte es kaum erwarten können, auf eigenen Beinen zu stehen, das Nest zu verlassen und in einer mehrere Stunden von Zuhause entfernten Stadt mein Glück zu finden. Es hatte allerdings keinen halben Tag gedauert, bis mein Heimweh so unerträglich groß wurde, dass ich mit dem Gedanken spielte, mir noch am selben Tag ein Zugticket nach Hause zu kaufen und nie mehr an diesen Ort zurückzukehren. Die rechte Wand des kahlen Eingangsbereichs des Studentenwohnheims war voller Briefkastenschlitze, von einer fast unerträglichen Anonymität zeugend, die ich bis dato nicht gekannt hatte und auch nicht kennenlernen wollte.

Als zweite von drei Schwestern, mit wunderbaren Eltern, in einem Haus bedingungsloser Liebe, Wärme und Anerkennung aufzuwachsen, wappnete einen so gar nicht für die große kalte einsame Welt da draußen, schoss es mir durch den Kopf. Im Gegenteil, manche Menschen waren zeit ihres

Erwachsenenlebens auf der Suche nach eben diesem Zustand zutiefster Geborgenheit und fanden ihn nie wieder. Abrupt unterbrach ich meine mitleidigen Gedanken. Beschwerte ich mich ernsthaft darüber, dass ich eine perfekte Kindheit hatte, nur weil das Kontrastprogramm mir oft zu hart erschien? Das konnte unmöglich mein Ernst sein, und ich verwarf meine fragwürdige Theorie entschlossen. Energisch befreite ich den Badspiegel vom Wasserdampf und betrachtete nachdenklich mein Spiegelbild. Einfach nochmal Kind sein, dachte ich - ohne Sorgen, Existenzängste und Verantwortung. Spontan huschte ein Lächeln über mein Gesicht.

Bindegewebsschwache Routine

Ich nippte an meinem Cappuccino als Jan das Café betrat. Jan war ein Jahr älter als ich, bekennend schwul und mein allerbester Freund. Wir kannten uns seit dem Abitur und hatten während des gemeinsamen Studiums so manche Vorlesung mit selbsterfundenen Kreuzworträtseln und der ausgiebigen Erörterung von Jans und meinem, meist nicht vorhandenen, Liebesleben verbracht. „Hey Nelchen", winkte er mir fröhlich zu. Im Vorbeigehen an der Bar orderte er seinen Chai Latte, ließ sich neben mir auf den Stuhl fallen und sagte: „Ich hab leider nicht allzu viel Zeit. Paul erwartet mich pünktlich zum Essen. Er kocht, ach Herrje, das kann was werden." Er lachte: „Wie war dein Tag? Bist du schon nervös wegen deinem runden Geburtstag?" Dabei unterstrich er grinsend das Wort *rund* mit angedeuteten Gänsefüßchen. Natürlich wusste Jan, dass ich diese Art der Unterstreichung des Offensichtlichen verachtete, und er musste spontan lachen, als er meinen gespielt grimmigen Gesichtsausdruck zur Kenntnis nahm, während ich konterte: „Ich will nichts davon hören! Nicht genug damit, dass ich in ein paar Wochen offiziell alt bin, es wird wie ich dich kenne auch jeder erfahren!" Ich runzelte die Stirn und schaute in Jans klare Augen, als er energisch antwortete: „So ein Blödsinn, du und alt. Ich kenne niemanden der für sein Alter so gut aussieht wie du." Schmollend entgegnete ich: „Na super, für mein Alter; da bin ich dir aber dankbar. Nein im Ernst, das ist echt gar nicht witzig. Ihr Typen werdet mit zunehmendem Alter immer interessanter, und selbst graue Haare an den Schläfen oder im Bart findet unsereins ernsthaft sexy. Aber was kommt denn bitte bei uns Frauen noch, außer nachlassendem Bindegewebe, Falten und Fettpölsterchen, die früher im Nu wieder weggehungert waren und jetzt bis zum Ende unseres Lebens an uns hängenbleiben? Ich bin dermaßen deprimiert!" Jan rührte angestrengt in seinem Tee. „Jetzt mal Klartext, Nele, ich kenn dich zu lange, um dir diesen Quatsch abzunehmen. Da steckt doch was anderes hinter deiner kleinen Depression, oder?" Wie immer hatte mich Jan durchschaut und war dem Kern meiner selbstmitleidigen Ansprache auf die Schliche gekommen. Ich zögerte einen Moment lang, bevor ich zugab: „Ach keine Ahnung, irgendwie bin ich einfach unzufrieden. Mit mir, meinem Job, meinem Leben." Ich atmete tief ein, versuchte, ein wenig Ordnung in meine Gedanken zu bringen und fuhr schließlich fort: „Weißt du, eigentlich müsste ich total happy sein: tolle Familie, toller Freund, tolle Wohnung, weniger guter Job, aber immerhin aus-reichendes Einkommen. Die Sache ist, ich glaube, dass ich noch nicht an dem Punkt bin, dass ich sagen kann, dass es das jetzt ist. Verstehst du, was ich meine?" Jan grinste: „Klar verstehe ich das. Das nennt man Midlifecrisis und kommt bei Frauen im besten Alter vor!" Ich musste spontan lachen: „Du Arsch!" Ich boxte Jan freundschaftlich in die Seite und setzte erneut an: „Denkst du nicht, dass es jede Menge andere vierzigjährige Frauen gibt, die absolut zufrieden mit sich und ihrem Leben sind? Und damit meine ich nicht die Leute, die sich eh um nichts einen Kopf machen. Ich frage mich das oft: Was will ich eigentlich mit dem Rest meines Lebens anfangen?" Jan merkte, dass es mir ernst war und holte vorsichtig aus: „Naja, wir sind in einem Alter, wo wir uns eine finanzielle Unabhängigkeit aufgebaut haben, ernsthafte und möglichst dauerhafte Beziehungen führen, Karriere gemacht oder den Gedanken daran - meist zugunsten einer eigenen Familie - verworfen haben. Für die meisten Menschen stellt sich die Frage nach einem alternativen Leben nicht, weil das, was sie sich aufgebaut haben, ihnen entweder gar nicht die Zeit lässt, darüber nachzudenken, oder aber, sie ihr Glück in dem Leben gefunden haben, das sie führen."

Ich ertappte mich bei dem Gedanken, dass ich wohl zu denen gehörte, die zu viel Zeit hatten. Trotzig betrachtete ich mein Leben. Es gab manchmal Tage, an denen schien jede bis dato getroffene Entscheidung einfach unüberlegt und falsch gewesen zu sein. Anders konnte ich mir nicht erklären, wie ich in einen dermaßen unzufriedenen Zustand geraten konnte. „Aber ich bin ständig umgeben von Menschen, die glücklich mit dem und dankbar für das sind, was sie haben" stellte ich verständnislos fest. „Die strahlen inneres Gleichgewicht und Zuversicht aus, obgleich sie in meinen Augen nicht mal ein beneidenswertes Leben führen." Aber wie

15

konnte das sein? Ich lehnte mich ratlos zurück und dachte nach. War ich wirklich nur undankbar, oder gab es für einige wenige Menschen diesen Zustand von Zufriedenheit und Glückseligkeit vielleicht gar nicht, weil ihre Sehnsucht nach Entwicklung, Veränderung und Wachstum sie daran hinderte, jemals irgendwo anzukommen und frei zu sein? Ich war meiner Natur gemäß ein unruhiger Geist, der ständig in Bewegung und nicht zum Ruhigsitzen gemacht war. Wenn das Ankommen, in einem wie auch immer gearteten, erstrebenswerten Zustand, gleichzeitigen Stillstand bedeutete, würde ich einen Teil von mir zurücklassen müssen. Das konnte sich die Natur unmöglich so ausgedacht haben.

Jan musterte mich nachdenklich: „Vielleicht ist alles in jedem Menschen angelegt, nur eben unterschiedlich präsent, und jeder muss sich irgendwann entscheiden, wie er seine Prioritäten setzen will. Und solange das Leben dir keine Herausforderungen oder Probleme in den Weg legt, ist dir das auch nicht bewusst. Du weißt doch, Nelchen, schon Herrmann Hesse hat gesagt, auf einfache Wege schickt man nur die Schwachen. Wärst du denn wirklich bereit, alles über Bord zu werfen und was ganz anderes zu machen, auch wenn dir niemand garantieren könnte, dass es klappt und du vor allem auch findest, was du suchst? Das scheint mir ein hoher Preis zu sein." Jan schaute mich besorgt an, während ich meine Tasse leerte. „Ich weiß es echt nicht, aber es muss sich grundlegend etwas ändern. Ich hab das Gefühl, das wirkliche Leben läuft an mir vorbei, und ich befürchte, dass es irgendwann zu spät ist, etwas Neues zu wagen. Jeden Tag dieser vorhersehbare, sinnlose Mist. Das kann doch nicht alles sein, oder?" Jan zögerte, bevor er antwortete: „Ich weiß es nicht, Nelchen. Aber sicher ist, dass dir diese Antwort niemand geben kann als du selber." Jan schaute flüchtig auf die Uhr und tätschelte tröstend meine Hand, während ich mit einem gequälten Lächeln die Rechnung orderte. Vielleicht hatte er Recht, und ich musste aufhören, mit meinem Schicksal zu hadern und mich mit anderen zu vergleichen und stattdessen versuchen herauszufinden, was *mein* Weg sein könnte.

Vom richtigen Augenblick

Als ich an diesem Abend endlich zuhause war, war es schon nach neun. Durchgefroren und zutiefst deprimiert stapfte ich auf direktem Weg ins Badezimmer und drehte den Wasserhahn der Badewanne voll auf. Wie konnte es Menschen geben, die ein entspannendes Bad am Ende eines anstrengenden nasskalten Tages nicht zu schätzen wussten, dachte ich und goss eine volle Kappe des dunkelgrünen Badezusatzes in den dampfenden Wasserstrahl. Sofort breitete sich der Duft nach Eukalyptus im gesamten Badezimmer aus. Ich schloss die Augen und atmete über die Wanne gebeugt tief ein. Wunderbar. Einfach wunderbar.

Nachdem ich mir ein Glas Rotwein geholt und meine Klamotten als Klumpen auf dem Schlafzimmerboden zurückgelassen hatte, ließ ich mich in das heiße Wasser sinken und fühlte mich augenblicklich besser. Eigentlich konnte ich mich wirklich nicht beschweren. Ich war zwar keine zwanzig mehr, aber hey. Dahin wollte ich auch gar nicht zurück. Die ersten vierzig Jahre der Kindheit sind die schwersten, das hatte ich kürzlich irgendwo gelesen. Tatsache war, dass man ohne eigene Kinder immer noch Kind sein konnte, wenn man wieder nach Hause zu seinen Eltern kam. Bei mir war das jedenfalls so. Während Freunde und Geschwister stets in erster Linie Eltern waren und sich im Hause der Eltern um ihren Nachwuchs zu kümmern hatten, konnte ich die Aufmerksamkeit und Nähe meiner Eltern uneingeschränkt genießen. Die Nichtbereitschaft, die einem entgegengebrachte Aufmerksamkeit, egal ob vom Partner oder den Eltern, mit anderen teilen zu wollen, auch nicht mit der eigenen Nachkommenschaft; bestimmt gab es dafür einen psychologischen Fachbegriff. Ich hielt mir die Nase zu, atmete tief ein und ließ meinen Kopf unter die Wasseroberfläche gleiten. Ich hörte mein Herz gleichmäßig pochen und bewegte mich nicht. Ganz bei mir, dachte ich und es überkam mich eine große Dankbarkeit für diesen Moment. Als ich wieder auftauchte, hörte ich Musik aus dem Wohnzimmer. Endlich war Jim zuhause. Er arbeitete viel in letzter Zeit, zu viel, wie ich fand. Wohl auch deshalb, weil er sich traditionell in der Rolle des Ernährers sah und mein Job in der Vermittlungsagentur nicht der bestbezahlteste war. Jim hatte seinen vierzigsten schon zwei Jahre hinter sich und diesbezüglich kein großes Geheimnis daraus gemacht, dass er kein Problem mit seinem Alter und wenig Verständnis für die damit von allen Seiten attestierten Depressionen hatte. Jim war zufrieden. Mal mehr, mal weniger, aber insgesamt schien er mit sich und unserem Leben im Reinen zu sein. Die Badezimmertür öffnete sich und Jim steckte den Kopf durch die Tür: „Ach hier bist du. Hab mich schon gewundert dass es überall dunkel ist. Hast du noch ein Plätzchen frei?" „Für dich immer" lächelte ich ihn an, und er schlüpfte durch den Türspalt ins Warme. „Es ist so kalt draußen, und es regnet schon wieder. Und die meisten Menschen können bei Regen einfach nicht Autofahren. Ich habe über zwanzig Minuten im Stau gestanden!" Mitleidig schaute ich ihn an: „Mein armer Schatz! Aber jetzt bist du hier, entspann dich und hopp hopp, rein mit dir." Jim ließ sich langsam in die Wanne gleiten. „Wie war dein Tag?" fragte er, während er seinen von Gänsehaut überzogenen Oberkörper unter Wasser tauchte. „Ganz ok soweit. Dass mein Chef ein Idiot ist, damit muss ich wohl leben, aber wenigstens hat er mich heute in Ruhe gelassen. Und nach der Arbeit war ich mit Jan was trinken." „Na super." Jims abschätzige Betonung und seine hochgezogene Augenbraue waren mir nicht entgangen, und ich erwiderte etwas zu forsch: „Du hast ja wohl kaum Zeit, oder?" Energisch entgegnete er: „Ja, und warum? Nicht, weil es mir so viel Spaß macht, Überstunden zu schieben, sondern weil ich hoffe, dadurch endlich meine Beförderung zu kriegen, damit wir vielleicht endlich ein bisschen lockerer leben können." Einsichtig senkte ich den Blick und versuchte, einzulenken: „Das weiß ich doch, mein Schatz. Aber Jan ist nun wirklich keine Konkurrenz für dich." Jim entgegnete mit fester Stimme: „Darum geht's doch gar nicht. Denkst du nicht, dass mir aufgefallen ist, dass du dich immer mehr zurückziehst und in Gedanken bist? Du vergisst dauernd irgendwas, und ich hab das Gefühl, du bist oft gar nicht richtig da. Wenn ich von meinem Tag erzähle, sehe ich genau, wenn du mir gar nicht richtig zuhörst. Was beschäftigt dich? Und warum, um alles in der Welt redest du nicht mit mir, sondern mit einem Schwulen darüber, dessen Hauptinteresse der Klatsch und Tratsch der Z-Promis ist? Ich meine es ernst, was ist los?" Ich wusste gar nicht, auf welches Gefühl ich zuerst reagieren sollte, auf die Beleidigung meines besten Freundes oder die Tatsache, dass Jim wohl doch mehr Sensibilität besaß, als ich manchmal annahm. Es rührte mich, dass er sich um mich sorgte, aber es bestand eine 50-50-Chance, dass er mich entweder nicht verstehen oder aber meine Sorgen nicht ernstnehmen würde. Es wäre nicht das erste Mal gewesen, dass er mich mit den Worten *wenn du keine Probleme hast, machst du dir welche* stehenlässt. Ich überlegte, wozu ich in diesem Moment Energie hatte und entschied mich für den einfacheren Weg. „Naja, ich werde bald vierzig. Da darf man auch mal sentimental sein, oder?!" Jim schaute mich prüfend an: „Und das soll alles sein? Nele, du weißt schon, dass du eine miese Lügnerin bist, oder?" Verdammt. Also doch, alles oder nichts. Ich atmete tief durch und setzte nachdenklich an: „Na gut, aber beschwer dich nachher nicht, dass du dir meinen *Quatsch* anhören musstest." Ich zögerte, bevor ich fortfuhr: „Ich habe darüber nachgedacht, ob ein anderes Leben mich glücklicher machen würde." Jims Stirn legte sich in skeptische Falten: „Was genau meinst du?" Schnell schob ich nach: „Nicht, was du jetzt denkst. Das hat mit dir gar nichts zu tun, denke ich. Ich bin nur so... unzufrieden. Mir fällt kein passenderes Wort ein. Einerseits weiß ich alles zu schätzen, was wir haben, aber ich frage mich, ob wir nicht ein Abenteuer eingehen sollten, statt irgendwelchen gesellschaftlichen Zwängen nachzugeben. Ich fühle mich eingeengt und entwickle manchmal richtig Panik, ob das Leben was wir haben jetzt immer so bleibt: Früh raus, Arbeit, Abendessen, Fernsehen, Schlafen, Wecker. Denkst du nicht auch, dass es noch mehr geben muss?" Jim musste nicht lange überlegen: „Naja, irgendwann Familie, oder?" Ich senkte resigniert den Blick: „Ja toll, dann korrigiere ich mich: todmüde früh raus, Arbeit, Kinder-Bespaßung, Abendessen, Fernsehen, nachts nicht wirklich schlafen, Wecker und den Rest deines Lebens Sorge ums Kind, nicht zu vergessen die fiesen Keime, die Kinder ständig aus Kindergarten und Schule mitbringen!" Jim rutschte unruhig in der Wanne hin und her: „*Was* meinst du dann?" Ich fühlte mich unter Druck gesetzt und antwortete hilflos: „Wenn ich das so genau wüsste, würde ich es dir sagen. Ich weiß nur, dass sich etwas ändern muss, weil ich so nicht glücklich bin." Langsam spürte ich die Tränen in mir aufsteigen, und eine erdrückende Resignation machte sich in mir breit. Jim sah mich ratlos an und sagte schließlich nachdenklich: „Vielleicht brauchen wir einfach nur mal wieder Urlaub, um den Kopf freizukriegen und Abstand zu gewinnen. Ich hab in letzter Zeit echt viel Zeit im Büro verbracht." Seinen versöhnlichen Blick registrierend schloss ich für einen Moment die Augen. Plötzlich hatte ich eine Idee und setzte vorsichtig an: „Was wäre, wenn du eine Zeitlang eine Auszeit von deinem Job nimmst, und dann machen wir eine Weltreise? Und ich kündige meine Stelle. Ist eh scheiße." Mit einer Mischung aus Angst und Zuversicht nahm ich Jims Hand, während er mich sichtlich überfordert ansah. Er schwieg, und ich spürte, wie meine Idee in ihm arbeitete, wagte es aber nicht, die Stille zu brechen, bis er schließlich seine Hand zurückzog und das Wort ergriff: „Das kommt echt alles ein bisschen überraschend, Nele. Gib mir etwas Zeit, um darüber nachzudenken, ja? Ich hab echt hart für diese Beförderung gearbeitet. Ich will das nicht alles weg-schmeißen für..." Er zögerte einen Moment zu lange, mein Herz beginn zu rasen und schließlich beendete ich seinen Satz: „...mich?" Die Tränen liefen mir nun unaufhaltsam über die Wangen, und Jim war kom-plett überfordert, doch ich hatte weder die Kraft, einen klaren Gedanken zu fassen, noch, ihm seine Unsicherheit zu nehmen, denn meine Tränen ließen sich einfach nicht aufhalten. Und während ich mir schluchzend die Hände vor die Augen hielt und sich die Angst in mir ausbreitete, dass er wortlos die Wanne verlassen würde, spürte ich plötzlich seine Hand, die meine beiseite nahm: „Bist du verrückt? Nele, ich liebe dich. Wie kannst du auch nur denken, dass mir dein Glück weniger bedeutet als eine scheiß Beförderung? Ich wollte die vor allem für *dich*, um *dir* ein besseres Leben zu ermöglichen! Aber wer weiß, vielleicht ist das ja der falsche Weg, um glück-licher zu werden." Er küsste mich zärtlich, während meine Tränen langsam versiegten. Als wir endlich im Bett waren, schmiegte ich mich erschöpft und dankbar ganz eng an Jims warmen Körper und flüsterte in die Nacht: „Denkst du, dass wir verrückt genug sind, uns auf ein richtiges Abenteuer ein-zulassen?" Jim zog mich enger an sich: „Ich denke, das ist es doch, worum es geht, oder? Gemeinsam neue Wege zu entdecken." Glücklich und todmüde schlief ich ein und träumte in dieser Nacht von einem wunderschönen, endlos weißen Strand, dem beruhigenden Rauschen des Meeres, warmem Sand unter meinen Füßen und einer grünen Meeres-schildkröte, deren Panzer in der Sonne intensiv funkelte.

Ganz oder gar nicht

Lustlos saß ich vor meinem PC. Die Neonröhre des Großraumbüros sollte Tageslicht imitieren, tröstete aber nicht im Geringsten über die Tatsache hinweg, dass es weder drinnen noch draußen wirklich existierte. Die Sonne hatte sich schon seit Wochen nicht mehr blicken lassen, und durch den ständigen Regen kam es einem noch dunkler vor. „Dieser scheiß Herbst!" fluchte ich vor mich hin, während meine Kollegin Linda an meinen Schreibtisch trat. „Na hör mal, der Herbst ist doch so eine schöne Jahreszeit. Alles ist bunt, es duftet nach nasser Erde, und das bisschen Regen. Da gibt's doch wirklich schlimmeres!" Linda lachte übertrieben laut, legte einen Stapel Personalakten vor mir ab, drehte sich um und ging zu ihrem Schreibtisch zurück. Ja, wunderschön, dachte ich. Wenn ich Dunkelheit toll finden würde, würde ich nach Skandinavien ziehen. Aber klar, man konnte sich auch alles schönreden.

Linda war Anfang fünfzig, von gedrungener Statur und rundlicher Figur. Sie war immer gut gelaunt, fand immer einen Grund zum lauten Gelächter und konnte einem gehörig auf den Nerv gehen. Sie war der lebende Beweis, dass nicht alle Menschen sich kritische Gedanken über ihr Dasein machten. Linda ruhte so sehr in sich selbst, dass es mich zuweilen wahnsinnig machte. Vielleicht machte es mich aber auch neidisch, denn zweifelsohne war sie glücklich und ich - allem Anschein nach - nicht. Mit ihr tauschen wollte ich trotzdem nicht, dachte ich, während ich lustlos die Akten durchblätterte. Ich wollte eigentlich mit niemandem tauschen, den ich kannte, vor allem aber nicht mit diesen ganzen armen Seelen, die auf der Suche nach Arbeit und voller Hoffnung waren, durch meine Hilfe wieder einen Job zu bekommen. Mein Blick schweifte zum regennassen Fenster. Auch wenn ein neuer Job immer auch eine neue Herausforderung und Erfahrung war, es würde dieses Mal nicht ausreichen, um die sich in mir ausdehnende Leere zu füllen. Es musste eine größere Veränderung sein, etwas, das mich ganz und gar begeisterte oder, zumindest ein bisschen. Obwohl, warum sollte man schon bei seinen Wünschen relativ sein? Das passte so gar nicht zu mir.

Schon als ich noch klein war, spätestens aber während meiner Pubertät, hatte meine Mutter immer wieder besorgt festgestellt, dass ich kein Freund von gemäßigten Gefühlen war: Entweder ganz oder gar nicht, himmelhochjauchzend, zu Tode betrübt, das war mein Motto. Und so warf ich mich Hals über Kopf in – nicht selten von vornherein zum Scheitern verurteilte – Beziehungen, Jobs und vermeintliche Freundschaften, schloss überteuerte Fitnessstudio- oder Handyverträge ab und musste ein ums andere Mal lernen, dass eine gut durchdachte und ausreichend abgewogene Herangehensweise im Endeffekt weniger schmerzhaft und oftmals günstiger gewesen wäre, sie aber nun mal einfach nicht meinem Naturell entsprach. Ich konnte nicht behaupten, dass ich diesen Charakterzug an mir nicht mochte. Im Gegenteil, ich hielt es für durchaus positiv, zu solch intensiven Gefühlen fähig zu sein. Wer konnte schon von sich behaupten, dass er bei der passenden Begleitmusik in unhaltbare Tränen ausbrechen und sich und die Welt beweinen konnte? Auf dem Weg des Erwachsenwerdens hatte jedes meiner mitunter lebensverändernden Gefühle die entsprechende Musik-Untermalung, und so konnte ich heute auf ein beträchtliches Repertoire an Liedtexten bekannter und weniger Bekannter Interpreten zurückgreifen, die damals in ihren Liedern für mich in Worte fassten, wofür ich keine besseren hätte finden können. So war ich, und so mochte ich mich. Basta. Wobei ich zugegebenermaßen einige dieser Schrulligkeiten lieber für mich behielt, weil ich niemandem Anlass zum Zweifel an meiner geistigen Gesundheit geben und gleich in die Flucht schlagen wollte. Inwieweit Jim mich über die Jahre diesbezüglich durchschaut hatte, wusste ich nicht. Aber ich war davon überzeugt, dass er ahnte, dass ich ein Freak war, und mich trotzdem liebte.

Von Krokodils-Tränen

Mein Blick streifte die bis zur Decke gefüllten Regale des Supermarktes. Wo war das Tomatenmark? Ich hatte mich bereiterklärt, nach der Arbeit *noch schnell* einkaufen zu gehen, allerdings bereute ich meine Bereitwilligkeit schon nach kurzer Zeit zutiefst, denn die Bahn war verspätet und überfüllt und das Wetter - wie sollte es anders sein – unterirdisch beschissen. Es regnete wie aus Eimern, und der kurze Weg zwischen Haltestelle und Supermarkt-Eingang hatte ausgereicht, um mich vollständig zu durchnässen. Gott sei Dank war es drinnen angenehm warm, und so hielt ich es für vorstellbar, diesen Laden nicht eher zu verlassen, als dass es Frühling werden und mir jemand trockene Klamotten bringen würde.

Das letzte Mal, dass ich so durchnässt gewesen war, erinnerte ich mich, war an meinem siebten Geburtstag. Wir machten Picknick in den Bergen und verbrachten den Tag an einem kleinen Bach, dessen Wasser nicht tiefer war als bis zu meinen Knien. Meine Mutter hatte uns gewarnt, nicht zu weit in die Mitte zu waten, weil der Bach dort mehr Kraft hatte und sie fürchtete, das Wasser könne uns den Halt nehmen. Wir waren eifrig damit beschäftigt, Köder fürs Angeln zu suchen, die sich an der Unterseite der im Wasser liegenden Steine verbargen. Auf einmal verlor ich meinen sicher geglaubten Halt, fiel ins Wasser und wurde urplötzlich vom Sog flussabwärts mitgerissen. Ich kreischte panisch, während ich über die kantigen Steine hinweg immer weiter mitgerissen wurde, ohne dass ich auch nur einen Stein zu fassen bekam. Ich weiß bis heute nicht, wieviel Zeit verging und wie es geschah, dass die große starke Hand meines Vaters mich zitterndes Bündel plötzlich aus dem Wasser zog. Aber auf meinen Vater war einfach Verlass, egal in welcher Lebenslage. Ich konnte mich noch gut an den Tag erinnern, als er mich vorzeitig von der Schule abholte, weil mein Kaninchen im Sterben lag. Wir saßen lange nebeneinander auf dem Bettrand und streichelten es, bis es schließlich aufhörte zu atmen. Mein Papa trocknete meine Tränen, und zusammen präparierten wir eine kleine Kiste liebevoll mit Heu und legten das zierliche Wesen behutsam hinein. Sorgfältig hob mein Papa im Garten ein wenig Erde unter der Trauerweide für das kleine Grab aus, und als ich am nächsten Tag an die Stelle zurückkehrte, stand ein geschnitztes Holzkreuz darauf. Mein Vater war stets der Fels in der Brandung, der, selbst wenn das Leben nicht immer leicht war, mit seinem unerschütterlichen Wesen und seinen starken Armen, seine Weiberschar zusammenhielt. Man konnte ihn nicht dazu bringen, laut zu werden, auch wenn er innerlich noch so kochte. Als Teenager hatte ich ihn mal nach der Schule im Haushaltswarenladen besucht, in dem er arbeitete. Er war gerade mit einem Kunden im Gespräch, der seine Wut über die schlechte Qualität seiner nicht-reklamierbaren Ware an meinem Vater ausließ. Der Mann war rot vor Wut und beleidigte nicht nur das Geschäft, in dem mein Vater arbeitete, sondern griff auch ihn verbal an. Ich war starr vor Angst und Entsetzen. Da beleidigte irgendein Fremder *meinen* Vater, und er wehrte sich nicht. Er stand einfach da, ließ den Mann gewähren, und wenn es mich nicht täuschte, konnte ich in seinem neutralen Gesichtsausdruck den Ansatz eines Lächelns erkennen. Ich war irritiert. Mein Vater dankte dem Kunden freundlich für dessen Rückmeldung und verabschiedete sich.

Kurz darauf kam er zu mir und begrüßte mich mit einem Lächeln und einer liebevollen, mich fast erdrückenden Papa-Umarmung: „Na, Nelchen, sollen wir mal schauen, ob das neue Album von Take That schon da ist?" Dabei sprach er den Band-Namen nicht englisch korrekt, sondern absichtlich falsch aus, nämlich *Takketatt*. Ich fragte ihn, was da gerade los gewesen sei und warum er sich das Gemotze des Kunden hatte gefallen lassen. Mein Vater erklärte mir, weshalb der Mann so aufgeregt war, hielt einen Moment lang inne und sagte dann: „Wenn dein Gegenüber dich so aus der Fassung bringt, dass du dich auf sein Niveau herablässt und die Stimme erhebst, hast du schon verloren. Brüllen ist immer ein Ausdruck von Schwäche. Lächle, dreh dich um, atme tief durch, geh und denk dir deinen Teil." In diesem Moment spürte ich ganz intensiv, wie stolz ich auf meinen Vater war, der erhobenen Hauptes die Situation gemeistert und sein Gesicht gewahrt hatte. Wenn ich so darüber nachdachte, fielen mir etliche Situationen ein, in denen ich mich hatte erniedrigen lassen, ohne mir auch nur den Hauch von Souveränität bewahren zu können. Mein Problem war, dass ich kein Pokerface besaß. Wenn mich etwas verletzte, konnte ich nicht darüber hinwegsehen und sachlich weiterdiskutieren. Dazu war mein subjektives Schmerzzentrum zu eng mit meinen Tränendrüsen verbunden, die schon beim ersten Anflug von Ungerechtigkeit fröhlich zu produzieren begannen. Egal ob Freunde, Lehrer, meine Geschwister, Vorgesetzte oder Jim - ich war einfach nicht im-stande, meine Gefühle, egal ob Wut, Bestürzung, Kummer, Schmerz oder auch einfach nur Enttäuschung zu kontrollieren, ohne Tränen zu vergießen, und das hasste ich selbst an mir. Denn die Zeiten waren vorbei, wo man meinem unkontrollierten Vergießen von Tränen mit Zärtlichkeit und Reue begegnete und das Kriegsbeil umgehend begrub, nur um mich nur wieder Lächeln zu sehen. In der Erwachsenenwelt zählten Tränen nicht zum Werkzeug gelungener Kommunikation und schon gar nicht dienten sie als Mittel zum Zweck. Es war lediglich ein Zeichen der Schwäche und signalisierte dem Gegenüber im schlechtesten Fall, dass er Oberwasser hatte. Wie gerne hätte ich die Fähigkeit besessen, bis zum Schluss souverän zu bleiben, wie es mir mein Vater an diesem Tag so eindrucksvoll demonstriert hatte. Für mich war er immer ein Held.

Kinder sollten immer einen Grund haben, um zu ihren Eltern aufschauen zu können, dachte ich und ließ das Tomatenmark mit einem mir selbst zustimmenden Nicken in den Einkaufswagen fallen.

Simple Pflegeanleitung

Mein Kopf hämmerte und ich versuchte dem penetranten Schmerz eine Pause abzuverlangen, indem ich mir immer wieder mit beiden Händen kaltes Wasser ins Gesicht spritzte, doch es half nichts. Beim Blick in den Spiegel stellte ich zu allem Überfluss fest, dass die überteuerte Wimperntusche das Prädikat *wasserfest* nicht verdiente. Vorsichtig versuchte ich die schwarzen Ränder unter meinen Augen wegzureiben, was die Sache aber nicht wesentlich verbesserte. Was für ein scheiß Tag dachte ich, schleppte mich zurück ins Büro und ließ mich auf meinen Bürostuhl fallen. Ich schloss für einen Moment die Augen, während ich vergeblich den Feierabend herbeisehnte. Doch der Blick auf die Uhr offenbarte die Gewissheit, dass es gerade mal 14 Uhr und ich bereits am Rande meiner Belastbarkeit war. Die Nacht zuvor hatte ich kaum geschlafen und wirr geträumt. Das Resultat war ein fieser Gnom mit einem Hammer in der Hand, der mir konstant auf die rechte Schläfe schlug. Mir war übel. In letzter Zeit fiel es mir immer schwerer, mich für meine Arbeit zu motivieren, und mein selbstgefälliger Vorgesetzter begünstigte diese Abneigung auch nicht wesentlich. „Arschbäckchen zusammenkneifen und durch" hatte Jim gesagt, als ich ihm wiedermal mein Leid geklagt und eigentlich nichts als sein Mitleid und die komplizenhafte Verachtung meines Chefs ernten wollte. Ich fragte mich ernsthaft, warum die

Menschen meiner engeren Umgebung nach jahrelangem intensivem Umgang mit mir immer noch nicht wussten, wann es Zeit für kluge Ratschläge war und wann ich einfach nur ihrer zärtlichen Mitleidsbekundung bedurfte! Wenn ich so darüber nachdachte, konnte ich ebenfalls bis heute nicht verstehen, warum ich so von Jims Meinung abhängig war. Immerhin hatten mir meine Eltern ein unverwüstliches Selbstbewusstsein geschenkt – eigentlich. Solange ich mich erinnern konnte, stellte ich mich neuen Herausforderungen voller Selbstsicherheit und Optimismus. Und trotzdem konnte ich nicht ertragen, wenn ich das Gefühl hatte, dass ausgerechnet Jim nicht an mich glaubte oder mir zutraute, eine Situation erfolgreich zu meistern. Ich freute mich, wenn er mich bestärkte, mir Mut zusprach oder sich am Abend eines langen Arbeitstages geduldig erzählen ließ, wie ich welcher Herausforderung begegnet war, und seinen Stolz bekundete, wenn es mir gelungen war, sie zufriedenstellend zu bewältigen.

Wenn er sich aber gar nicht äußerte oder mir sein bloßer Gesichtsausdruck verriet, dass er an einer meiner Entscheidungen oder Taten zweifelte, konnte mich das völlig aus der Bahn werfen. Einerseits wusste ich, dass er eine starke Partnerin an seiner Seite schätzte, die ihm auch mal Kontra geben konnte, auf der anderen Seite aber hasste er es, wenn ich ihn nicht in meine Pläne einbezog oder seine Meinung überging.

Wenn ich so darüber nachdachte, konnte ich mich nicht erinnern, dass ich mir als Kind irgendwann einmal Zuspruch und Bestätigung verdienen musste. Meine Eltern hatten immer einen unerschütterlichen Glauben an ihre Kinder, auch wenn sie natürlich nicht begeistert waren, wenn meine Schwestern und ich mal eine schlechte Note nach Hause brachten oder wir uns absichtlich oder unabsichtlich über getroffene Absprachen hinwegsetzten. Es herrschten klare Regeln in unserer Familie, die uns aber von Zeit zu Zeit - wie jedes Kind - dazu animierten, sie auszutesten und manchmal auch zu ignorieren. Aber die Grundbasis unserer Familienbande wurde dadurch nie in Mitleidenschaft gezogen. Es existierte ein unsichtbares, grundsolides Sicherheitsnetz, das uns, egal was auch passierte und wie sehr wir einander manchmal verletzten oder enttäuschten, immer auffing.

Vielleicht war das der Grund dafür, dass ich nun, schon lange erwachsen, einer solchen Bestätigung durch Jim bedurfte; Zwar hielt unser Sicherheitsnetz bereits etliche Jahre, aber mich beunruhigte der Gedanke, dass es aus einem anderen Material bestehen und ich es durch unüberlegtes Taktieren beschädigen könnte. Jim und ich waren manchmal wie Feuer und Wasser, und das machte auch die Dynamik unserer Beziehung aus. Wir konnten streiten, als gäbe es kein Morgen und dann wieder so innig verbunden sein, als hätte nie etwas anderes existiert.

Zugegeben, das war manchmal etwas kräftezehrend, aber ich war überzeugt davon, dass kein Mensch existierte, der mich so vervollständigte, wie Jim.

Nachdenklich spülte ich die Tablette mit einem großen Schluck Wasser hinunter und wendete mich den Akten auf meinem Tisch zu. Dabei fiel mein Blick auf das Foto, das Jim und mich bei seiner Geburtstagsfeier vor zwei Jahren zeigte. Er hatte seine Arme von hinten um meine Schultern geschlungen und wir strahlten beide in die Kamera. Sehnsüchtig verkroch ich mich in meine Erinnerungen. Was tat ich hier eigentlich? Ich gehörte ins Bett, mit einer kühlen Kompresse auf dem Kopf und nichts als Ruhe. Ich atmete tief durch, schnappte meine Tasche und verließ entschlossen das Büro.

Schwächen und Stärken

Es war ungefähr fünf Jahre her, dass ich nach einer fast dreijährigen kräfte- und gesundheitszehrenden Phase meiner ersten echten Führungsposition an einen Punkt kam, an dem es nicht mehr vor und zurück ging. Schon wenige Wochen nach meiner Beförderung war ich gnadenlos überarbeitet, stand permanent unter Druck und was noch schlimmer war, unter argwöhnischer Beobachtung meiner, von Neid zerfressenen, Kollegen. Auch sie hatten auf diesen Posten gelauert wie die Aasgeier, aber mein damaliger Chef befand mich für am fähigsten und so durfte ich die Abteilungsleitung der Bildungseinrichtung übernehmen. Ich versuchte, ihm so gut ich konnte zu beweisen, dass er sich in mir nicht getäuscht hatte und sich uneingeschränkt auf mich verlassen konnte. Mein Privatleben stellte ich zunehmend hintenan, blieb jeden Tag länger im Büro und übernahm vereinzelt sogar die Aufgaben meiner Mitarbeiter, nur um das Gesamtergebnis der Abteilung sicherzustellen.

Das ging auch eine Zeit lang gut, doch plötzlich wurde mir klar, dass ich nicht nur das Essen, sondern auch mich selbst in der Hektik des Alltags vergessen hatte. Ich fühlte mich ohnmächtig und zunehmend unfähig, an etwas anderes, als an die endlosen Herausforderungen, Meetings, Präsentationen und die sich türmenden Aufgaben zu denken. Ich hatte fast täglich Migräne, schlief unruhig und fühlte mich krank. Am schlimmsten aber war die Tatsache, dass ich nicht in der Lage war, die Entscheidung zu treffen, mich aus diesem Wahnsinn zu retten und auch nur einen einzigen Tag im Büro zu fehlen. Ich wollte meinen Mitarbeitern ein gutes Vorbild sein und meinem Vorgesetzten zeigen, wie tough ich war. Aber vor allem wollte ich meinen ewig wetteifernden Kollegen gegenüber keine Schwäche zeigen, denn ich wusste, dass sie alle nur darauf warteten, dass ich scheiterte und damit ihrer Überzeugung recht gab, dass ich für die Stelle einfach die Falsche war. Nach außen bemühte ich mich, stark zu wirken, voller Pflichtbewusstsein und Karrieregeist. Selbst Jim gegenüber war ich nicht ganz ehrlich, war er doch so stolz auf mich gewesen, als die Beförderung offiziell wurde, und wann immer ich seinen zunehmend besorgten Gesichtsausdruck bemerkte, zerstreute ich ihn flüchtig mit einem Lächeln und wechselte das Thema.

Schließlich klappte ich eines Morgens in der Dusche unter Tränen zusammen. Das war´s. Jim ließ sich auf keine Verhandlung mehr ein und brachte mich zu unserer Hausärztin, die mir mit ihrer mütterlich-liebevollen Art ausführlich erklärte, dass ein Burnout nicht zu unterschätzen und ich vorerst auf unbestimmte Zeit krankgeschrieben sei. Ich wusste damals nicht, ob ich hysterisch heulen oder Gott danken sollte, entschied mich aber nach einem langen Gespräch mit ihr und einem, sich daran anschließenden, tränenreichen mit Jim, dass es die richtige Entscheidung war. Ein paar Tage später telefonierte Jim mit seinem Vater und erzählte ihm von meinem Burnout. Nach ein paar flüchtigen Genesungswünschen hörte ich ihn mit kühler Stimme sagen: „Sowas hat es zu unserer Zeit jedenfalls nicht gegeben. Wenn man eine Arbeit hatte, nahm man die ernst. Denkst du, ich war nie krank? Selbst mit Fieber schleppte ich mich zur Arbeit, weil ich ein Pflichtgefühl hatte. Dieses Burnout ist doch eine Modeerscheinung. Eure Generation ist es einfach nicht mehr gewohnt, hart zu arbeiten. Beim kleinsten Wehwehchen brecht ihr zusammen. Kein Wunder, dass das Gesundheitssystem schlappmacht!" Ich spürte förmlich, wie Jim nach Worten der Verteidigung suchte, dann aber resigniert das Gespräch zum Ende lenkte. Als er das Schlafzimmer betrat, entnahm ich seinem prüfenden Blick die Hoffnung, dass ich abgelenkt war und das harte Resümee seines Vaters nicht mitbekommen hatte. Ich schaute von meinem Buch auf und sagte mit ruhiger Stimme: „Keine Sorge, ich nehm´s ihm nicht übel. Er meint´s sicher nicht so." Schuldbewusst zwang sich Jim ein Lächeln ab, gab mir einen Kuss auf die Stirn und wand sich zum Gehen: „Ich werd dann mal kochen." Gespielt fröhlich rief ich ihm nach: „Ja, tu das, ich hab einen Bärenhunger!" Jim verließ das Schlafzimmer, während mein Blick zum Fenster schweifte und ich schnell die Tränen wegblinzelte, die meine Augen zu füllen begannen.

Erste Schritte in den Nebel

„Bin daaaaaa" rief Jim mir schon von der Haustür aus fröhlich zu. Ich lief ihm entgegen und umarmte ihn, als hätte ich ihn seit Tagen nicht mehr gesehen: „Du hast mir gefehlt!" Ich ließ ihn los, und während sein Haustürschlüssel ins Körbchen auf dem Tisch neben der Haustür fiel, entgegnete er scherzend: „Nanu, so lange war ich doch gar nicht weg." Scherzend entgegnete ich: „Viel zu lange! Was macht dich denn heute so glücklich?" Tatsächlich konnte ich mich kaum erinnern, wann er das letzte Mal so gutgelaunt nach Hause gekommen war. „Kannst du dich an unser Gespräch neulich Nacht erinnern? Über unser Leben und so..." Natürlich konnte ich mich erinnern. Um ehrlich zu sein, dachte ich ständig daran und hatte schon Angst gehabt, dass Jim es längst vergessen oder schlimmer noch unter dem Motto *schwierige Phase, geht vorüber* abgestempelt hatte. Er fuhr fort: „Ich habe letzte Woche mit meinem Chef über ein Jahr Auszeit gesprochen." Mein Herz begann schneller zu pochen, und ich presste ungeduldig hervor: „Uuuuuuuund?" Er lächelte geheimnisvoll: „Uuuuuuund, heute hat er mir gesagt, dass es schon ab Mai möglich wäre - vorausgesetzt, die Stellenausschreibung für meine Stelle wäre erfolgreich und ich würde den oder die Neue einarbeiten, bevor ich gehe. Dann würde er meine Stelle für ein Jahr freihalten." Jim sah mich strahlend an, während ich murmelte: „Mein Gott, mir ist ganz schlecht vor Freude. Aber was ist dann mit deiner Beförderung?" Ich runzelte die Stirn und sah ihn schuldbewusst an, während er ruhig entgegnete: „Weißt du, ich denke schon eine Weile darüber nach, ob ich die wirklich will. Die Sache ist: klar würde ich gerne einen Schritt weiterkommen, mehr Geld verdienen, damit wir einfach ein besseres Leben haben. Aber auf der anderen Seite würde die Beförderung auch bedeuten, dass ich noch mehr arbeite und wir weniger Zeit zusammen haben. Und was nützt das?" Nachdenklich ließ er sich auf dem Sofa nieder: „Ich denke, meine Antwort ist *ja*." Verwirrt sah ich ihn an: „Was meinst du damit?" „Na zu deiner Frage neulich! Du hast mich gefragt, ob wir verrückt genug sind für ein Abenteuer. Und meine Antwort ist ja!" Ich konnte es nicht fassen und schlussfolgerte überschwänglich: „Und das heißt, ich darf diesen furchtbaren Job kündigen?!" Ich blinzelte ihn mit meinem unwiderstehlichsten Blick an, und Jim antwortete, seine Worte sorgfältig wählend: „Ja, das darfst du. Aber noooooooch nicht. Erstmal die Stellenausschreibung, dann die Einstellung, dann die Einarbeitung und dann erst deine Kündigung, einverstanden?! Das hältst du schon noch durch. Was ist schon ein halbes Jahr! Und in der Zwischenzeit verdienen wir noch ein bisschen Geld, überlegen uns gemeinsam, was wir machen wollen und planen unser Abenteuer. Was denkst du?" Ich ließ mich neben Jim aufs Sofa fallen und erwiderte: „Ich denke, ich bin überglücklich!" Er schloss seine Arme um mich, und ich strahlte ihn an: „Du weißt schon, dass ich dich liebe, oder?!" Zärtlich küsste er mich, und es fühlte sich an, wie der erste Tag eines neuen Lebens. In dieser Nacht konnte ich nicht schlafen. Bis in die frühen Morgenstunden lag ich wach. Aber es war nicht wie sonst, wenn ich nicht schlafen konnte und ein Gedanke den anderen jagte. Ich fühlte mich so voller Energie, erfüllt von Spannung, tausend Möglichkeiten, Vorfreude, und unwillkürlich musste ich an meinen Geburtstag denken. Vielleicht war dieser Moment, diese Entscheidung, etwas zu wagen, etwas Neues auszuprobieren, ohne Sicherheit, einfach so, nur wir zwei, vielleicht war das genau das, was mein bevor-stehendes neues Lebensjahr brauchte, dem ich bisher so ablehnend gegenübergestanden hatte. Es hatte mich das Gefühl beschlichen, dass womöglich bereits die Hälfte meines Lebens hinter mir lag, ohne das Glück wirklich und wahrhaftig gefunden, noch die Gewissheit zu haben, dass es für mich überhaupt existierte. Eines war klar, dieses Abenteuer würde alles Gewohnte auf den Kopf stellen, und danach verlangte mein ganzes Wesen. „Morgen mache ich einen Plan" flüsterte ich in die Morgendämmerung und schlief zufrieden und todmüde endlich ein.

Ohne Reibung keine Wärme

Ich wage Schritte in den Nebel.
Ich will nicht stillstehen,
nur weil ich Angst
vor dem Ungewissen habe.

Die größere Gefahr ist es,
zu warten, bis alles klar ist,
um nur ja keinen Fehler zu machen,
und dann vor lauter Warten
nichts mehr zu riskieren
und im Stillstand nicht mehr zu wachsen.

Ich will mein Leben
nicht verwarten.

(Ulrich Schaffer)

Ich las die Zeilen nun zum dritten Mal, und jedes Wort berührte meine Seele. Wie konnte es jemanden geben, der meine Gefühle so vollständig mit solch einer Klarheit auf den Punkt brachte. Jim ahnte, dass er ins Schwarze getroffen hatte: „Happy Birthday, Kleines! Ich wusste, es würde dir gefallen." Glücklich und dankbar faltete ich das von bunten Elchen übersäte Geschenkpapier sorgsam zusammen und gab Jim einen zärtlichen Kuss. Das Gedicht war mit goldenen Lettern in schnörkeliger Schrift auf eine schieferähnliche Tafel geschrieben. „Es ist einfach wunderschön! Danke!" Jim kokettierte: „Das ist noch nicht alles. Pass mal auf, bis du mein Hauptgeschenk siehst. Er grinste geheimnisvoll und mit dem schelmenhaften Charme, den ich so an ihm liebte. Jim war der einzige Mann, den ich kannte, der es schaffte, mich, egal in welcher Verfassung ich auch war, zum Lachen zu bringen, und er war der ehrlichste Mensch, der mir je begegnet war. Das hatte natürlich auch seine Schattenseiten, denn ich würde niemals erleben, dass er mir ein Kompliment machte, das er nicht wirklich so meinte oder mir seinen Segen zu einem mich noch so begeisternden Kleidungsstück gab, wenn es ihm nicht wirklich gefiel. Andererseits konnte ich mich immer auf Jims Wort verlassen, und das wog - bis auf wenige emotional schwache, meist prämenstruell-bedingte Momente – nun mal schwerer als nur dahingesagter Zuspruch. Wie oft schon hatte ich darüber hinaus mitleidige Blicke von Freundinnen und entfernteren Bekannten über mich ergehen lassen müssen, wenn Jim und ich uns gewohnt vertraut anfrotzelten. „In einer glücklichen Beziehung blafft man sich doch nicht so an" hatte Lisa, eine Freundin aus Schultagen, kürzlich mit besorgniserregendem Blick und gedämpfter Stimme zu mir gesagt, als wir uns zufällig vor dem Kino trafen und sie unfreiwillige Zeugin einer unschönen Du-hast-gesagt-du-steckst-Geld-ein-Auseinandersetzung zwischen Jim und mir wurde. Jim hatte sich furchtbar aufgeregt und war nach Hause zurückgelaufen, um das Portemonnaie zu holen, das ich im letzten Moment versehentlich

43

an der Haustür hatte liegen lassen. In diesem Moment war es mir furchtbar peinlich gewesen, dass Lisa uns nicht innig vereint, sondern so gar nicht innig erlebt hatte. Aber was sollte das? Wir wussten alle, dass eine Beziehung nicht nur aus Höhen und Küssen und Friede, Freude, Eierkuchen bestand. Obwohl ich mir da manchmal gar nicht so sicher war. Manche Partner tickten so gleich, dass es keinen Grund für Streit und große Auseinandersetzungen gab, wie bei Jan und Paul zum Beispiel. Es schien so, als wären sie immer aufmerksam und fürsorglich zueinander, einander zugewandt und freundlich. Manche Beziehungen unserer Freunde machten mich allerdings wirklich sprachlos. Die meist ruhebedürftigen Typen übersäten ihre Freundinnen mit Schleimereien und gaben ihnen uneingeschränkt Recht, um nur keine Diskussion vom Zaun zu brechen, während die Frauen ihre Männer zurechtwiesen oder ihnen jeglichen jungenhaften Spaß versuchten zu verbieten, zumindest aber zu vermiesen, sei es aus Eifersucht oder, weil deren Verhalten ihnen nicht erwachsen genug war. Ich genoss es immer, wenn Jim mit seinen Freunden zusammen war. Sie verbogen sich vor Lachen, während sie sich die gemeinsam erlebten Geschichten zum hundertsten Mal erzählten und dabei in Erinnerungen schwelgten. Es gab für mich nichts schöneres, als Jim aus vollem Herzen Lachen zu hören. Sofort waren meine Sorgen dann wie weggefegt.

Ohne Reibung existiert nun mal keine Wärme dachte ich, während ich die rosa Schleife des kleinen

Päckchens behutsam löste und dabei in Jims erwartungsvoll leuchtenden Augen sah. Ich streifte das Papier ab und öffnete das Kästchen. Zwischen lauter kleinen Papierherzen lag eine silberne Kette mit einem wunderschönen Anhänger in Form eines Kompasses. Tränen der Rührung kullerten mir über die Wangen, während Jim mich in seine starken Arme nahm: „Mal sehen, wo er uns hinführt. Auf jeden Fall wird das ein ganz besonderes Jahr, versprochen!" Jim wischte meine Tränen mit seinem Ärmel weg. „Und jetzt wird nicht mehr geheult!" scherzte er und drückte mir einen lauten Schmatzer auf die Wange, während er den Verschluss der Kette behutsam schloss.

Ein Zwinkern des Schicksals

Endlich Wochenende. Jim hatte sich bereiterklärt, im Büro ausnahmsweise beim Monatsabschluss auszuhelfen. Eigentlich war unser Wochenende uns heilig, allerdings konnten ein paar Pluspunkte beim Chef nicht schaden, und so entließ ich ihn ohne Murren schlaftrunken aus unserem kuscheligen Bett. Noch bevor Jim die Wohnung verließ, war ich schon wieder eingeschlafen und hatte mich erst Stunden später aus dem Bett gewälzt, um mir einen Kaffee zu machen. Meine Laune war grandios, die Sonne hatte sich endlich mal wieder hinter den Wolken hervorgetan, und ich saß im Schneidersitz auf meinem Bett, die dampfende Kaffeetasse in der Hand.

Nach dem Feierabend des Vortages hatte ich mehrere Reise-führer aus der Bibliothek geholt und war dabei, meine Auswahl an Reisezielen etwas einzuschränken und unserem vorhandenen Budget anzupassen. Ein Jahr unterwegs oder ein Jahr an *einem* Ort? Ich dachte nach. Das hatte beides seinen Reiz, allerdings würden wir ohne Arbeit schon nach Ablauf von acht Monaten ziemlich pleite sein, also entschied ich mich für die zweite Variante: ein Jahr im Ausland leben und arbeiten. Wir würden trotzdem allerhand Neues erleben, eine neue Sprache lernen, spannende Menschen kennenlernen und einander neu begegnen. Der Gedanke gefiel mir. Auf jeden Fall musste es sonniger sein als das regenreiche und triste Deutschland, somit war die

Himmelsrichtung klar. In der Schule hatte ich Französischunterricht gehabt, war allerdings nie auf einen grünen Zweig gekommen und hatte meiner Großmutter etliche mühsame Stunden Französisch-Nachhilfe beschert. Sie hatte nie verstehen können, warum mir die Sprache so viele Probleme bereitete, wo sie sie doch so sehr liebte. Aber nach einem nahezu perfekt ausgesprochenen „Je m'appelle Nele et j'habite en Allemagne. Merci, de rien und au revoir" war dann auch schnell Schluss. Sicher hätte es meiner Oma gefallen, wenn ich einen weiteren ernsthafteren Anlauf zum Spracherwerb genommen und mich vielleicht sogar für ein Jahr in Südfrankreich niedergelassen hätte, aber zu düster waren meine Erinnerungen an Grammatik-Überraschungs-tests, meine Französisch-Lehrerin Madame Claudine und ihre strenge Miene, wenn ich meine Hausaufgaben wiedermal vergessen hatte.

Italien gefiel mir da schon besser. La dolce vita, pizza e pasta... Ich mochte talien sehr. Es war ein Land mit Küste, voller Kultur und Charme. Als Kind hatten wir mehrere Urlaube in Italien verbracht. In Erinnerung geblieben waren mir vor allem der Petersplatz und hunderte von Tauben in Rom, Venedig mit seinen roman-tischen Wasserstraßen, Pompeji und seine düstere Vergangenheit und das wunderschöne Florenz. Das waren herrliche Urlaube gewesen! Sonnenverwöhnte Sommerferien und meine Schwestern und ich auf der Rückbank unseres VW Passat, den mein Vater gewissenhaft bis unters Dach gepackt hatte. Er sang lauthals bei halboffenem

Fenster, während der Fahrtwind uns unsere Haare in die fröhlichen Gesichter wirbelte, und ich beobachtete meine glückliche Mama im Rückspiegel, die den Korb voller liebevoll geschmierter Brote, gekochter Eier, mundgerecht portionierter Gemüsestreifen und Getränke im Fußraum des Beifahrersitzes zwischen ihren Beinen duldete, weil sonst nirgends mehr Platz dafür war. Wir waren so glücklich damals. Zumindest glaube ich das. Meine Eltern hatten uns jedenfalls niemals ihre Sorgen spüren lassen, und dafür war ich ihnen unendlich dankbar.

Das Telefonklingeln holte mich zurück ins Hier und Jetzt. Es war Jim, der mich fröhlich mit einem „Hola chica" begrüßte. Ich musste lachen: „Na du, wie lange brauchst du noch?" „Ich bin fertig und komme gleich nach Hause. Bist du schon angezogen oder lümmelst du noch im Schlafanzug rum?" Ich zögerte kurz und entgegnete schließlich gespielt ernst: „Um diese Zeit? Ich doch nicht - du weißt doch, der frühe Vogel..." Jan unterbrach mich lachend: „Also bist du noch im Schlafanzug! Wenn du Lust hast, gehen wir heute Abend in die neue Tapasbar in der Elsestraße. Mein Kollege hat sie mir wärmstens empfohlen. Was denkst du?" Ich schmunzelte: „Hört sich gut an. Bis gleich." Ich legte auf und dachte zufrieden: Spanien - auch eine gute Idee.

Als wir das Restaurant betraten, staunte ich. Fast jeder Tisch war belegt, und ein lächelnder Kellner mit strahlenden Augen begrüßte uns freundlich: „Buenas tardes, como estáis? Schön, dass Sie hier sind. Ich heiße Pepe. Sie haben reserviert? Dann folgen Sie mir, por favor." Jim grinste mich an, und wir folgten dem netten Kellner an einen Tisch am Rand des kaum überschaubaren Gastraumes. Der Kellner zog den Stuhl zurück und bat mich mit einer eleganten Handbewegung, Platz zu nehmen. „Möchten Sie schon etwas zu trinken bestellen oder zuerst einen Blick in unsere Karte werfen?" Ich sah mich fasziniert um. Die kleinen Tische waren alle mit roten Tischdecken eingedeckt. Auf jedem Tisch standen eine weiße Vase mit einer frischen roten Rose, Weingläser, zwei Karaffen mit Essig und Öl, sowie Pfeffer und Salz. „Zwei Gläser Ihres Hausweins bitte. Tinto, por favor. Y una botella de agua con gas. Gracias." Jim lächelte erst mich, dann den Kellner souverän an. Dieser bedankte sich ebenfalls lächelnd, legte uns die Speisekarten hin und verschwand. „Ich bin wirklich begeistert. Nicht nur dieses wunderschöne Restaurant, sondern auch noch dein Spanisch. Willst du mir vielleicht irgendwas damit sagen?" Jim grinste. „Puede ser - kann sein... Ich hab gestern Abend deine Reiseführer-Sammlung gesehen und nachgedacht. Ich könnte mir Spanien gut vorstellen - für unser Abenteuer. Es ist warm, es gibt leckeres Essen, die Sprache ist toll, und ich stelle mir das Leben dort einfach herrlich entschleunigt vor. Das Kontrastprogramm zu unserem jetzigen Alltag, verstehst du?" Jim schaute mich prüfend an: „Könntest du dir das vorstellen?" Instinktiv griff ich nach meinem Kettenanhänger und strahlte ihn an: „Natürlich! Das ist es! Abgemacht. Viva España!"

Im selben Moment bemerkte ich den Kellner, der sein Grinsen beim Abstellen unserer Gläser nur schwer verbergen konnte. Wir bestellten die Tapaskarte rauf und runter und ergötzten uns an den duftenden, bunten und phantastisch schmeckenden Leckereien, die uns der Kellner nach und nach servierte. Als wir Stunden später das letzte Glas geleert hatten, bemerkten wir, dass wir fast die letzten Gäste waren. Satt, zufrieden und ein wenig betrunken verließen wir das Restaurant und winkten Pepe noch einmal zu, bevor er das Schild an der Tür umdrehte. „Gracias amigos y hasta pronto!"

Komplizen

Aufmerksam betrachtete ich die Vokabel-Lernkarten vor mir der Reihe nach, drehte sie dann um und atmete tief durch. Seit einigen Wochen schon hatte ich mir ein straffes Vokabel-Lernpensum auferlegt, das ich durch jede Menge spanischer Musik sowie Kommunikations-CDs ergänzte. Den Weg zur Arbeit nutzte ich, mit Kopfhörern abgeschirmt von der Außenwelt dazu, in verschiedene Alltags-Situationen einzutauchen, flüsterte die für mein Ohr so wunderschön klingenden spanischen Sätze vor mich hin und träumte mich ins warme Spanien. In meiner Phantasie unterhielt ich mich mit den Einheimischen wahlweise über das Wetter, das Essen oder den Straßenverkehr, und wer immer sich mit mir unterhielt, lobte mein akzentfreies Spanisch. Mein Nachhauseweg wurde darüber hinaus durch Musik von Enrique Iglesias, Jarabe de Palo und Maná mit ihren herzzerreißenden Liebesliedern versüßt. Ich war fortan der Überzeugung, dass Menschen, die solche Texte schrieben, zu überwältigenden Gefühlen und grenzenloser Romantik fähig sein mussten.

Mittlerweile hatte ich mir einen guten Grundwortschatz erarbeitet, wobei mir das Grammatik-Lernen nach Feierabend einiges abverlangte. Jim lobte meinen Ehrgeiz, bestärkte mich so gut er konnte und sah latent genervt über unsere fragwürdig dekorierte Wohnung hinweg. Eines verregneten Wochenendes hatte ich sämtliche Möbel, Gegenstände und Küchengeräte mit bunten Post-It´s beklebt, und so prägten sich auch die etwas schwerer zugänglichen spanischen Begriffe nach und nach in mein müdes Hirn ein. Jim hatte es da leichter. Er hatte bereits in der Oberstufe sowie später im Studium Spanisch gelernt, wenn er auch behauptete, alles vergessen zu haben. Ich war mir ziemlich sicher, dass er nur tiefstapelte, sparte mir aber einen entsprechenden Kommentar.

Seitdem unsere Entscheidung auf Spanien gefallen und dieses Vorhaben tagtäglich in meinem Kopf präsent war, konnte ich auch mit dem Stress in der Arbeit und den Spitzen meines Chefs besser umgehen. Ich betrachtete die verbleibenden vier Monate als notwendige Vorbereitungs-zeit und nutzte jede freie Minute im Büro, um Checklisten zu erstellen, Wohnungs- und Stellenangebote zu durchforsten und mir unser zukünftiges Leben fernab unseres berechenbar gleichförmigen Lebens in den schillerndsten Farben auszumalen. Wir hatten die Südküste zwischen Malaga und Marbella für unser zukünftiges Zuhause eingegrenzt, und ich war fasziniert von den traumhaften Stränden, beeindruckenden Landschaften und dem Flair, den die Bilder in meinen grauen Büroalltag transportierten. Von der eigenen Wohnung aus zukünftig das Meer sehen zu können, das war Grund genug, jede Hürde, die sich mir bis dahin noch in den Weg stellen sollte, zu meistern. Jims Nachfolger war bereits gefunden, und er gab sich die größte Mühe, diesen gewissenhaft in sein Metier einzuarbeiten, wofür er auch zusätzliche Überstunden in Kauf nahm. Trotz dieser Belastung hatte ich das Gefühl, dass die Entscheidung, sich auf den Weg in ein Abenteuer zu machen, auch ihn zunehmend veränderte. Noch vor wenigen Monaten lebte Jim sein Leben ohne größere Hürden und meisterte seinen Alltag routiniert. Er gab sich mit allem irgendwie zufrieden und das einzige, was ihn hin und wieder in Unruhe versetzte war die ausstehende Beförderung, die allerdings schon seit zwei Jahren auf sich warten ließ. Manchmal grübelte er gedankenversunken vor sich hin, und mich hatte ein Gefühl von Einsamkeit beschlichen, obgleich er im selben Raum war. Aber nun hatte sein Blick wieder das Funkeln und seine Stimme den unbeschwert-fröhlichen Klang, den ich so an ihm liebte.

Wenn wir jetzt manchmal nach Feierabend oder an den Wochenenden Pläne schmiedeten oder gemeinsam Wohnungsangebote durchsahen, ich mit ihm kleine Gespräche auf Spanisch führte oder wir in Pepes Tapasbar den Abend verbrachten, dann war ich unendlich dankbar, dass mich meine Unzufriedenheit bis hierher und uns wieder näher zueinander gebracht hatte. Wir waren wie Komplizen mit einem geheimen Vorhaben, das wir außer mit Pepe, mit dem wir uns in den vergangenen Wochen richtig angefreundet hatten, mit niemandem teilten. Es war wie ein Vakuum, das seine Kraft verlieren würde, sobald wir jemanden einweihten, der möglicherweise dagegen argumentieren oder unser Vorhaben für verrückt erklären würde. Pepe dagegen war begeistert von unseren Plänen. Er selbst stammte aus Castellón und nutzte jede Gelegenheit, um seine Familie dort zu besuchen. Aus einfachen Verhältnissen stammend war er mit neunzehn nach Deutschland gekommen, um in der Küche eines entfernt verwandten Onkels auszuhelfen. Seither hatte er in vielen Restaurants gearbeitet und über die Jahre nicht nur sein Deutsch perfektioniert, sondern auch seine Leidenschaft für den Kundenservice entdeckt. Und nun war er seit zwei Monaten, kurz nach seinem fünfzigsten Geburtstag, Teilhaber unserer geliebten Tapasbar mit dem wunderschönen Namen *El Destino - Das Schicksal*, die in kürzester Zeit stadtbekannt war und von allen Kritikern hervorragende Bewertungen erhielt.

Pepe fand die Geschichte meines Geburtstagsgeschenks, dem Kettenanhänger mit dem Kompass, unseres ersten Abendessens im El Destino und der dort geborenen und besiegelten Entscheidung für Spanien mehr als schicksalhaft und erzählte sie jedem, der uns dort zusammen erlebte und davon ausgehen musste, dass wir uns schon ewig kannten. Pepe wurde nach und nach zu einem echten Freund, und wann immer wir Zeit hatten, trafen wir uns an seinem freien Tag mal zum Salsa-Tanzen, mal zum Essen und geselligen Beisammensein und mal zum Spanisch-Üben. Pepe verbesserte mich unermüdlich mit einer bewundernswerten Geduld, die Jim manchmal fassungslos machte. Während dieser stets ein Freund schneller, klarer Antworten, Entscheidungen und deren Umsetzung war, ruhte Pepe in sich wie ein Fels in der Brandung. Er ließ sich durch nichts und niemanden aus der Ruhe bringen und fühlte sich geehrt, dass wir unsere Pläne mit ihm teilten. Manchmal ließ er uns an seiner Vergangenheit teilhaben, und wir verbrachten lange Abende damit, den bemerkenswerten Geschichten seines bisherigen Lebens zu lauschen, die er mit seinem schönen spanischen Akzent in feinem Deutsch erzählte und nur unterbrach, wenn ihm der passende Begriff nicht einfiel. Dann umschrieb er das Wort, das ihm fehlte und wir überlegten gemeinsam oder bemühten schnell das Wörterbuch, damit er seinen Faden nicht verlor. Beim Betrachten der Fotos seiner Vergangenheit wurde er oft sehr still, und wenn er von seinem Vater erzählte, der vor sieben Jahren gestorben war, hatte er stets Tränen in den Augen. Dann konnte ich nicht umhin, schnell den Schmerz zu verdrängen, den allein die Vorstellung seines Verlustes in mir auslöste.

Ofenfrische Trostpflaster

Zufrieden betrachtete ich mein Werk. Der bisher unangetastete Teller mit einem Duzend sorgfältig übereinandergeschichteter goldgelber Eierkuchen wartete duftend und vielversprechend im Ofen. Jim machte sich nichts aus Süßspeisen, meistens jedenfalls. Eine Ausnahme stellte mein Schokoladenkuchen mit Sauerkirschen dar, dessen liebevolle Zubereitung ich jedes Jahr einen Tag vor seinem Geburtstag regelrecht zelebrierte.

Ich dagegen hatte Zeit meines Lebens eine Schwäche für die süßen Versuchungen, derer ich nicht selten kampflos erlag, kurioserweise meistens vor allem dann, wenn ich mir gerade vorgenommen hatte, wiedermal ein paar Pfunde abzunehmen. Ich ahnte, dass ich damit zu keiner Minderheit gehörte, aber das tröstete nicht darüber hinweg, dass ich in einem Stück Kuchen, einem Schälchen warmem Pudding, Grießbrei oder Milchreis, schon seit Kindertagen figurfeindliche, aber dennoch stets verlässliche, Trostspender sah. Wenn ich als Kind krank war oder aber meinen Eintopf - nicht selten unter theatralischen Tränen des Protestes - endlich aufgegessen hatte, erwartete mich ein Schälchen voll cremig-versöhnlichem, wenn auch mittlerweile kaltem, Vanillepudding. Ich konnte mich noch heute genau an das Geräusch erinnern, den der weiße Plastik-Quirl mit dem Holzstiel in Mamas Hand machte, wenn sie das aufgelöste Pudding-pulver in die heiße

Milch rührte. An den mir gut in Erinnerung gebliebenen Sonntagmorgenden meiner Kindheit weckten mich der Duft von Kaffee und Brötchen und der Chor-Gesang des Fernseh-Gottesdienstes, dessen Lieder meine Eltern stets zweistimmig und voller Hingabe mitsangen. Dann öffnete sich leise die Tür zu meinem Kinderzimmer, und mein Papa weckte mich mit einem Kuss. Er war stets frischgeduscht, hatte ein gebügeltes Hemd an und einen Pullunder darüber, und sein Rasierwasser duftete noch Minuten, nachdem er mein Zimmer wieder verlassen hatte. Dann schlüpfte ich in meine Hausschuhe und huschte die Treppe hinunter ins geheizte Wohnzimmer, wo meine Schwestern, ebenfalls noch in ihren Schlafanzügen, auf dem Sofa saßen und unser Hund Vuki mich mit einer fröhlichen Drehung um sich selbst und einer Mischung aus Bellen und Fiepsen begrüßte. Meine Mama hatte das Sonntagsgeschirr meistens schon am Vorabend am Esszimmertisch gedeckt und holte die letzten Leckereien aus der Küche, bevor wir fünf uns nach Beendigung des Gottesdienstes endlich zusammen hinsetzten und stundenlang fröhlich schlemmend zusammensaßen.

Diese Sonntage waren heute noch ebenso lebendig in meiner Erinnerung, wie die Eierkuchenberge, die meine Oma stets zubereitete, wenn sie unseren Besuch erwartete. Dann stand sie in ihrer Kittelschürze mild lächelnd am Herd, vier Pfannen parallel in Betrieb und die Haare elegant hochgesteckt wie eine Gräfin. Ich liebte diesen Moment, wenn ich meiner Nase, dem Duft von Eierkuchen folgend, die Küche meiner Oma betrat und sie mich in ihre liebevollen Arme nahm. Wenn ich an meinen Opa zurückdachte, der Zeit seines Ehelebens kaum einen Tag ohne meine Oma verbracht hatte, dann sah ich ihn verschmitzt lächelnd in der Speisekammer stehen und mit seinem kleinen Taschenmesser heimlich zwei Stückchen Räucherspeck für uns abschneiden, der dort zum Reifen aufgehängt war, während meine Oma ihn schmunzelnd ermahnte, nicht schon wieder zu naschen. Meine Großeltern waren für mich immer der Inbegriff lebenslanger, aufrichtiger Zuneigung und tiefer Verbundenheit, und sie fehlten mir, obwohl sie schon so viele Jahre nicht mehr da waren, beide sehr.

Heute jedenfalls war die Zubereitung und anschließende Vertilgung von Eierkuchen zu dieser ungewöhnlichen Uhrzeit - es war gerade halb acht vorbei - lebensnotwendig für mich. Mein Chef hatte sich in der wöchentlichen Besprechung vor meinen Kollegen dazu hinreißen lassen, meine Motivation nebst jüngster Vermittlungsleistungen in Frage zu stellen. Während er immer lauter und ich auf meinem Stuhl immer kleiner wurde, hatte ich einen Moment lang überlegt, aufzustehen und zu gehen, mich dann aber schweren Herzens zugunsten unserer Pläne und mangels Courage zusammengerissen. Übrig geblieben war ein Häufchen Ich, mein verletzter Stolz und eine Art Lähmung, das Büro zu verlassen, bevor mein Chef es tat. Ich hatte nach der Besprechung auf der Damentoilette meinen Tränen freien Lauf gelassen, unfähig aufzuhören, bis Linda mich nach minutenlangen Beruhigungsversuchen an ihren voluminösen Busen presste und mir versicherte, er habe es sicher nicht so gemeint. Ich schluchzte noch ein Weilchen und kehrte dann völlig verheult wieder an meinen Schreibtisch zurück. Und nun, da ich endlich zuhause war und der Anrufbeantworter mir mitteilte, dass Jim sich mit seinem, kürzlich von seiner Freundin getrennten, Kumpel Andi zum Abendessen verabredet hatte, verlangte mein gekränktes Seelchen nach den Eierkuchen meiner Kindheit, nach dem liebevollen Kopf-Streicheln meiner Oma und dem Trost meiner Mutter. Behutsam nahm ich den ersten hauchdünnen Eierkuchen vom Teller, bestrich ihn mit Mamas selbstgemachter Erdbeermarmelade und rollte ihn auf. Beim ersten Bissen schloss ich die Augen - und da stand ich wieder, in der warmen Küche meiner Oma.

Als Jim endlich nach Hause kam, lag ich zutiefst deprimiert und überfuttert auf dem Sofa. Er lächelte mich mit einer Mischung aus Mitleid und verständnislosem Kopfschütteln an, entschied sich aber, einen Kommentar bezüglich des Verzehrs von Süßigkeiten und den damit verbundenen Auswirkungen auf das Fettgewebe zu verzichten, wofür ich ihm endlos dankbar war. Wir köpften eine Flasche Rotwein, die Pepe uns geschenkt hatte, Jim erzählte mir von seinem Abend und Andis Gemütszustand, und ich berichtete von den Höhepunkten meines Tages. Als die Flasche geleert und wir endlich im Bett und am Ende dieses anstrengenden

59

Tages angekommen waren, überkam mich eine bleierne Müdigkeit, und ich fiel in einen tiefen, traumlosen Schlaf, noch bevor Jim aus dem Badezimmer kam.

Von Stolz und Schneeengeln

„Nur noch 87 Tage!" verkündete ich und hakte mit dem roten Filzstift, der an einer Schnur befestigt an einem Nagel an der Wand neben unserem Küchenkalender hing, den vierten Februar schwungvoll ab. „Hört sich viel an, ist es aber eigentlich gar nicht." Jims Stirn legte sich in Falten. „Was denkst du?" fragte ich ein wenig besorgt, als ich seine Miene sah. „Es liegt echt noch eine Menge Arbeit vor uns, wenn wir bis zum ersten Mai alles schaffen und los-legen wollen: tausend Formalitäten erledigen, neue Unterkunft, vielleicht sogar einen Job und einen Zwischenmieter für unsere Wohnung finden, und so weiter, und das alles neben unseren Jobs, die gerade auch nicht wenig anstrengend sind!" Mit tröstender Stimme entgegnete ich: „Na hör mal, so schlimm ist das doch gar nicht. Kümmere du dich nur um deinen Nachfolger im Büro. Ich finde schon eine Bleibe für uns. Kann doch erstmal was ganz Unscheinbares sein. Das wird lustig, wie zu Studienzeiten. Wir brauchen doch nicht viel! Und wenn wir erstmal Vorort sind, lässt sich der Rest viel einfacher organisieren." Jim atmete tief ein: „Ja, kann schon sein. Vielleicht sehe ich das alles etwas zu verbissen. So, ich muss los. Bis später, Nelita. Und viel Glück nachher!" Er drückte mir einen lauten Schmatzer auf die Wange und nahm den Autoschlüssel aus dem Körbchen: „Wenn wir heute Abend Lust haben, lass uns doch im El Destino Abendessen. Pepe hat mir gestern geschrieben, dass es heute Schnecken gibt. Andalusisch." Er grinste und zog die Tür hinter sich zu.

Ich schaute auf die Uhr. „Mist, keine Zeit mehr zum Joggen" dachte ich, streifte meinen Bademantel ab und schlüpfte unter die Dusche. Heute stand eine Präsentation bevor, die ich seit Wochen vorbereitet hatte. Es waren ein Dutzend potenzielle Arbeitgeber kleiner und mittelständischer Betriebe der näheren Umgebung eingeladen worden, denen ich heute die Vorteile und Möglichkeiten staatlicher Unterstützung bei der Einstellung langzeitarbeitsloser Bewerber erläutern sollte. Ziel war die Vermittlung einiger unserer Kunden und die damit verbundene Erfüllung der vorgegebenen Quoten der örtlichen Arbeitsagentur. Ich war nervös. Nicht nur, dass ich nicht von mir behaupten konnte, ein besonders guter Redner zu sein. Schlimmer war, dass meine Nervosität unübersehbare Auswirkungen auf das Erscheinungsbild meiner Haut hatte. Sobald ich vor einer Ansammlung von Menschen zu reden begann, zierten große rote Flecken meinen Hals und mein Dekolleté.

Ich wischte die Gedanken beiseite und zog mich rasch an. Es hatte sich bereits in der Vergangenheit als Vorteil erwiesen, die Garderobe schon am Vorabend bereitzulegen, denn weder hatte ich morgens die Zeit noch die Geduld, Ober- und Unterbekleidung, Schuhe und Schmuck aufeinander abzustimmen. Glücklicherweise gelangen mir sowohl der Lidstrich als auch die Bändigung meiner

Haare heute beim ersten Anlauf, so dass ich das Gesamtwerk zufrieden im Spiegel betrachtete. Ich schnappte mir meinen Thermobecher voll Kaffee und machte mich zügig auf den Weg zur Arbeit. Dort angekommen hatte Linda bereits den Konferenzraum mit einem Flipchart, ausreichend bunten Markern sowie Beamer und Leinwand vorbereitet. An der Wand standen zwei Tische mit geschmackvoll dekoriertem süßem Gebäck, Obst und Getränken sowie Geschirr. Mein Herz pochte gewaltig, als mein Chef mit einigen der geladenen Anzugträger den Konferenzraum betrat. Er kam gönnerhaft strahlend auf mich zu, reichte mir höflich die Hand und stellte mich den Herren der Reihe nach vor. Um mich nicht allzu sehr ablenken zu lassen, entschuldigte ich mich kurz darauf, holte mein Notebook und kümmerte mich darum, dass die Präsentation auch im richtigen Format auf der Leinwand zu sehen war.

Als endlich alle ihre Plätze eingenommen hatten, begann ich meinen einstudierten Text. Je mehr Zeit verging, umso leichter fiel es mir, die Charts mit meinen eigenen Worten zu erläutern und selbst, auf die Zwischenfragen der Anwesenden einzugehen und schlüssig Auskunft zu geben. Nach einer dreiviertel Stunde hatte ich alles hinter mir und wurde mit einem tosenden Applaus belohnt. Ein Stein fiel mir vom Herzen, und während ich das Notebook zuklappte und mich mit knurrendem Magen auf die süßen Teilchen freute, ging mir durch den Kopf, dass wieder eine Hürde auf dem Weg zu unserem

Abenteuer geschafft war. Überaus zufrieden mit mir nahm ich den Dank meines Chefs entgegen und hatte für den Rest des Tages ein unschlagbares Hochgefühl, was allerdings auch durch meinen zugegebenermaßen übertriebenen Verzehr an zuckerhaltigen Teilchen bedingt sein konnte. Was wären wir ohne Herausforderungen, dachte ich stolz und machte mich auf den Weg zum Treffen mit Jan, den ich in den letzten Wochen ziemlich vernachlässigt hatte.

Nach zwei Gläsern Sekt, zu denen Jan mich eingeladen hatte, um auf den erfolgreichen Tag und meine herausragende Leistung anzustoßen, sowie einem kleinen Belohnungs-Klamottenbummel, saß ich, ein bisschen beschwipst, noch ein Weilchen auf einer der grünen Holzbänke im Park. Ich war eine Haltestelle zu früh ausgestiegen, um den Rest des Weges nach Hause zu laufen und ein wenig Zeit für mich zu haben. Ich atmete die glasklare Februarluft tief ein und schaute beim Aus-atmen gedankenversunken dem Nebel nach, der mir aus Mund und Nase strömte und sich dann langsam auflöste. Es war bitterkalt, aber aus irgendeinem Grund wollte ich in diesem Moment nirgendwo anders sein. Ich hatte den roten Schal dicht um meinen Hals geschwungen und den Kragen meines Wintermantels hochgeklappt. Mit der Kapuze über meiner Bommelmütze kam ich mir vor wie das kleine Wollbündel, das meine Mama sorgfältig für den sonntäglichen Spaziergang gewappnet und dick mit Nivea-Creme eingecremt aus der Haustür entlassen hatte, während mein Papa draußen in dicken Handschuhen und Stiefeln bereits mit dem Schlitten auf mich wartete. Ich erinnerte mich an meterhohe Tannen und Kiefern voller Schnee, das Knirschen der Schlitten-Kufen und Schritte unter unserem Gewicht, an rote Nasen in fröhlichen Gesichtern und Papas stets sorgfältig gefaltete Stofftaschentücher, die meine Mama zu meiner Freude stets mir zum Bügeln überließ, nachdem sie Papas Hemden bereits sorgfältig auf Bügel gezogen und im Kleiderschrank verstaut hatte. Meine Schwestern und ich tollten umher, bauten Schneemänner, ließen uns rückwärts in den unberührten dichten Schnee fallen und zauberten die schönsten Schneeengel.

Die Atmosphäre dieser Winterspaziergänge inmitten von Stille und weißer Schönheit war damals wie heute unbeschreiblich und mit nichts zu vergleichen; obgleich mir der Schnee meiner Erinnerung weißer, die Luft klarer und die Stille friedlicher vorkamen.

Dennoch, ich saß einfach nur da, auf dieser grünen Bank, ignorierte meine nahezu gefrorenen Füße und war dankbar für diesen Moment. Eine weiße Taube näherte sich mir zaghaft in der Hoffnung auf ein paar Brotkrümel und pickte fröhlich die Überreste meines letzten Kekses auf, der bereits in der Packung zu Bruch gegangen war. Es war schon halb sechs und die Dämmerung erinnerte mich daran, dass es Zeit wurde, nach Hause zu gehen.

Konservierte Erinnerungen

Als ich die Haustür aufschließen wollte, bemerkte ich, dass die Tür nicht verschlossen war und Jim demnach schon zuhause sein musste. Ich betrat die Wohnung, schälte mich aus meinen Klamotten und rieb meine Hände aneinander, die vor Kälte tiefrot waren und beim Eintauchen in die Wärme der Wohnung unangenehm zu kribbeln begannen. Jim saß im Wohnzimmer und schaute regungslos vor sich hin. „Was ist passiert?" platzte es aus mir heraus und mein Herz begann wie wild zu klopfen. Jim antwortete, ohne mich anzusehen: „Meine Oma - sie ist gestorben." Augenblicklich war ich nüchtern und mir schossen Tränen in die Augen. Eine Mischung aus Übelkeit, endlosem Mitleid und eigenem Schmerz überkamen mich. Ich ließ mich zu Jim aufs Sofa sinken und flüsterte: „Das tut mir leid. Das tut mir so leid", wissend, dass meine Worte kaum zu ihm durchdrangen. „Mir war ja klar, dass sie alt war, aber…" Sein Satz endete abrupt, und seine Augen füllten sich mit Tränen. Ich hatte Jim in all den Jahren unserer Beziehung nie weinen sehen, und jetzt brach es mir das Herz. Ich versuchte, ihn zu trösten und konnte meine eigenen Tränen nicht zurückhalten. Ich kam mir furchtbar vor. Ich sollte es sein, die ihm Trost spendete und war doch so sehr mit meinem eigenen Verlust beschäftigt.

Jims Oma war eine wunderbare Frau gewesen. Sie war immer freundlich und gut gelaunt, und ich hatte sie schon bei unserem ersten Kennenlernen ins Herz geschlossen. Ich vermutete, dass ihre Zuneigung zu mir dadurch besiegelt wurde, dass ich sie regelmäßig über ihre legendären Rezepte ausfragte, die Jims Kindheit so sehr geprägt hatten. Sie belehrte mich dann mit überaus konzentrierter Genauigkeit, duldete keine Abweichung vom Original und ließ sich stets von Jim berichten, ob ich ihr Rezept zu seiner Zufriedenheit umgesetzt hatte. Jim verneinte das natürlich grundsätzlich, um ihre unangefochtenen Kochkünste zu würdigen, obgleich er mir gegenüber zumindest manchmal zugab, dass ich nah dran war. Jims Oma war nicht krank gewesen, und ihr Verlust traf uns unerwartet und tief. „Sie hat sich so sehr gewünscht, Urgroßmutter zu werden" brach Jim irgendwann das Schweigen. Als Einzelkind war Jim die einzige Hoffnung gewesen und ich wusste, dass sie schon seit Jahren darauf gewartet hatte. Und nun, da ich vierzig war und noch immer keinen gesteigerten Wunsch danach verspürte, Windeln zu wechseln und bis zum Ende meines Lebens verantwortlich für ein kleines Lebewesen zu sein, trafen mich Jims Worte umso schmerzlicher.

Jim und ich hatten nie wirklich Kinder gewollt und uns bis vor ein paar Jahren regelmäßig auf Familienfeiern und sonstigen Anlässen vor der Frage gedrückt, wann man denn endlich Nachwuchs erwarten könne. Wir zwei waren uns genug, und wir waren nicht dazu bereit, unser Leben einem anderen Rhythmus zu unterwerfen. Geschweige denn waren wir uns einig in Erziehungsfragen, was unsere

Beziehung zusätzlichem Stress ausgesetzt hätte. Als dann aber nach und nach die Fragerei aufhörte und der Wunsch und die Hoffnung von Eltern und Geschwistern verschwanden, empfand ich das merkwürdigerweise als verletzend. Als hätten sie alle miteinander den Glauben an mich als Mutter oder uns als Eltern verloren. Und obgleich ich mich darüber ebenso hätte freuen können, mich nicht mehr rechtfertigen zu müssen, erfüllte mich eine eigenartige Leere und Traurigkeit, und es überkamen mich Zweifel, ob unsere Entscheidung, kein Kind in die Welt zu setzen, richtig war und viel schlimmer noch, ob wir es irgendwann bereuen würden, wenn die Chance bereits unumkehrbar verstrichen war. Beide Gedanken, der Verlust von Jims Oma und der mögliche Verlust unserer Bewährungsprobe als Eltern ließen mich an diesem Abend noch lange wachliegen, während Jim irgendwann vor dem Fernseher eingeschlafen war. Ich wusste, dass er dort nicht bequem schlafen konnte, brachte es aber nicht übers Herz, ihn zu wecken und der traurigen Leere auszusetzen, die ihn einen Moment später ausfüllen und ein weiteres Mal an diesem Tag leiden lassen würde. Also lag ich alleine wach und dachte an die Verluste meiner Kindheit, meines ersten Kaninchens, mehrerer Meerschweinchen, Wellensittiche und Hamster. Damals schien die Welt stillzustehen, und der Schmerz brannte sich tief in mein schmerzunerprobtes Herz ein. Der Verlust eines Menschen jedoch kam mit einer noch unerbittlicheren Härte daher.

Es war nicht nur das Ende der Möglichkeit, zukünftig miteinander zu sprechen, sich zu sehen und in den Arm zu nehmen. Sondern es bedeutete gleichzeitig auch die Konservierung aller gemeinsamen Erinnerungen, die bis auf unbestimmte Zeit mit Schmerz und Trauer angereichert waren, wann immer sie sich in unseren Alltag schoben. Ich betete für Jim, dass er die vielen von Liebe geprägten Erinnerungen an Sommernachmittage und -ferien bei Oma und Opa bald wieder mit einem Lächeln zulassen konnte, ahnte aber, dass ich die hölzerne Rezeptkiste, die ich ihm, mit all den in Schönschrift abgeschrieben Rezepten seiner Oma bestückt, zum Geburtstag geschenkt hatte, für eine Weile nicht benutzen würde.

Die Nadel im Heuhaufen

„Das ist sie! Das ist unsere zukünftige Wohnung" strahlte ich Jim an. Seit Wochen hatte ich die verschiedenen spanischen Immobilienbörsen durchforstet und die Beschreibungen anfangs komplett, später nur noch wortweise auf Deutsch übersetzen müssen, um sie vollständig zu verstehen. Viele Wohnungen scheiterten schon an den utopisch hohen Provisionsgebühren, der geforderten Vorlage von gültigen Arbeitsverträgen oder der Bedingung, sich für ein Jahr zu binden und möglichst vollständig im Voraus zu bezahlen. Fast hatte mich die nicht enden wollende, erfolglose Suche ans Aufgeben denken lassen, da fesselte eine Überschrift meine Aufmerksamkeit: *Kuschelige Zwei-Zimmer-Wohnung mit romantischem Ausblick*. Ich versuchte, zuerst den Text aufmerksam zu lesen, bevor mich die Bilder zu sehr ablenken würden und fand zu meiner großen Überraschung keinen Haken. Das Inserat war vor nicht einmal zwölf Stunden von einem privaten Vermieter veröffentlicht worden, die Kaution von einer Monatsmiete war fair und die Lage genial. Mein Herz begann schneller zu schlagen, als ich die Bilder betrachtete.

Die beschriebene Wohnung befand sich im dritten Stock eines Wohnhauses, und durch die grüne Eingangstür gelangte man durch einen kurzen Flur rechter Hand in die Küche, die mit weißen Fliesen und einem blauen Blumenmuster voll und ganz meinem, zu Jims Unglück zu Kitsch neigenden, Geschmack entsprach. Mit einem kleinen Gasherd, einem Ofen, einem Kühlschrank mit Gefrierfach und einer runden Spüle war diese komplett ausgestattet, und das helle Holz der Schränke machte das Gesamtbild noch stimmiger. Es gab ein winziges Schlafzimmer mit Doppelbett und hölzernen Nachttischen, ein Bad mit Badewanne und grünen Fliesen, und vom Wohnzimmer, mit Couch und einer Nische mit einem Esstisch und vier Stühlen aus, konnte man den Richtung Westen ausgerichteten Balkon erreichen, auf welchem zwei Sonnenliegen und ein kleiner runder Tisch gerade so Platz hatten. Der Blick war atemberaubend, denn das einzige, was sich dem Betrachter offenbarte, war das offene Meer, und vor meinem geistigen Auge sah ich uns schon mit einem Glas Rotwein in der Hand den Sonnenuntergang bestaunen.

Aufgeregt zeigte ich Jim die Anzeige, und auch er konnte glücklicherweise keinen Haken finden, obgleich mir sein Blick seine Skepsis verriet. „Ich schicke das Exposé an Pepe und wir lassen ihn anrufen, ok?" fragte ich Jim eilig, ohne dass ich seine Antwort wirklich hörte. „Ok. Einverstanden. Aber sei nicht enttäuscht, wenn's nicht klappt. Wenn das Ding keinen Haken hat, ist es sicher schon weg!" Obwohl ich tief in mir wusste, dass Jim mich mit seinem Pessimismus nur schützen wollte, war dies eine der Eigenschaften, die ich nicht ausstehen konnte. Er selbst betrachtete sich als Realist, und seiner Theorie nach konnte man nicht so sehr enttäuscht werden, wenn man den Dingen nicht allzu viel Hoffnung entgegenbrachte. Ich dagegen war mir der Gefahr großer Emotionen durchaus bewusst, konnte und wollte aber nicht auf Halb-flamme fühlen. Wenn ich etwas hoffte, dann tat ich das mit aller Leidenschaft, und wenn etwas nicht so lief wie ich wollte, war ich eben enttäuscht. Aber ich konnte mir kaum vor-stellen, dass ich ein Gefühl wie Spannung oder Vorfreude zugunsten einer Vielleicht-Enttäuschung bändigen hätte können, um den anschließenden Kummer zu schmälern. Also tat ich Jims Warnung lächelnd ab, gab ihm einen flüchtigen Kuss und schickte Pepe das Inserat. Fünf Minuten später rief er mich zurück, und wir verein-barten, dass Pepe den Vermieter anrufen und ihn über unsere Situation und Pläne informieren sollte. Pepe war stolz, uns unterstützen zu können und versprach, sich sofort zu melden, sobald er den Vermieter erreicht hatte.

In der Zwischenzeit schaute ich mir noch ein paar Exposés an, konnte mich aber kaum auf deren In-halte konzentrieren, da sich meine Gedanken nur noch um diese eine Chance drehten. Jim mahnte mich, mich nicht zu sehr in diese Sache rein-zusteigern und versuchte, mich mit einem seiner berühmten Omeletts abzulenken. Tatsächlich hatte ich den ganzen Tag noch nichts gegessen, und erst als der Duft aus der Küche in meine Nase stieg, bemerkte ich, wie hungrig ich war. Wir aßen und vertrieben uns die Wartezeit an diesem verregneten Samstagnachmittag mit einem alten Bud-Spencer-

Film und einer anschließenden heißen Badewanne. Das Klingeln meines Handys schreckte mich aus meiner Entspannung hoch. Blitzschnell stieg ich aus der Wanne, tapste klatschnass und nackt durch den Flur ins Wohnzimmer und hob den Hörer ab. „Nele, por fin. Endlich gehst du ran" sagte Pepa etwas vorwurfsvoll. Mein Herz pochte: „Und?" „Vale, ähm, er ist einverstanden!" Pepes Worte drangen wie durch einen dichten Nebel an mein Ohr. „Nele, hast du gehört? Er ist einverstanden. Wenn ihr wollt, schickt er euch den Vertrag, mit Beginn erster Mai, per   E-Mail zu, und ihr habt drei Tage Zeit, ihn zu unterschreiben und zurückzuschicken. Aber er möchte die Kaution als Sicherheit gleichzeitig mit dem Vertrag." Ich war außer mir und stammelte: „Das hört sich großartig an! Vielen Dank!" Pepe musste lachen und entgegnete: „Es war mir eine Ehre, amiga! Sehen wir uns heute Abend, um darauf anzustoßen?" „Auf jeden Fall! Muchas gracias, Pepito!" Ich bekam kaum Luft, so schnell raste mein Herz, huschte schnell zurück ins Bad und ließ meinen fröstelnden Körper wieder ins heiße Wasser gleiten, ohne dass mein Gesichtsausdruck einen Schluss zuließ. „Und?" fragte Jim mit einer Mischung aus Skepsis, Besorgnis und Ungeduld. Ich wartete noch einen Augenblick, nicht ohne meinen Triumph zu genießen, und verkündete schließlich mit strahlendem Blick: „Wie es aussieht, haben wir ein neues Zuhause!"

Ohne Auffangnetz

Während ich Jim alles erzählte, was Pepe mir gesagt hatte, breitete sich eine unbändige Vorfreude aus. Wir kicherten ausgelassen, schmiedeten Pläne und stellten uns unser Leben in der Sonne vor. Als das Wasser schließlich lauwarm und wir ziemlich verschrumpelt waren, zogen wir uns rasch an und machten uns Hand in Hand auf den Weg ins El Destino, wo Pepe uns schon mit offenen Armen erwartete.

Er würde mir am meisten fehlen dachte ich, während ich ihm einen dicken Kuss auf die Wange drückte. Mit Eltern und Geschwistern vierhielt sich das mit dem Vermissen irgendwie anders, überlegte ich. Sie fehlten mir zwar an manchen Tagen oder in gewissen Phasen meines Lebens sehr, aber ich war es gewohnt, ohne sie auszukommen, sie nicht wöchentlich oder sogar täglich zu sehen. Die Vorstellung aber, die Freunde unseres engsten Umfeldes nicht mehr um mich zu haben, nach Feierabend nicht mit Jan Bummeln oder Kaffeetrinken gehen, oder mit Pepe bei einem Glas Wein über Gott und die Welt quatschen zu können, machte mich schon etwas nachdenklich. Bisher hatte ich nicht ein einziges Mal darüber nachgedacht, dass ich mich in Spanien einsam fühlen könnte, immerhin hätte ich ja Jim an meiner Seite. Aber was war, wenn wir so weit weg von unserem gewohnten, geselligen Leben plötzlich nicht mehr miteinander auskamen, wenn unsere

Beziehung unvorhergesehener Maßen nicht mehr funktionieren und wir nicht mehr miteinander auskommen würden? Diese Gedanken ergriffen mich plötzlich und mein bis dato fröhliches Gesicht verfinsterte sich. „Welche Laus ist dir denn jetzt plötzlich über die Leber gelaufen?" fragte mich Jim mit einem besorgten Gesichtsausdruck, als Pepe uns zu unserem Tisch gebracht und wir die Getränke bestellt hatten. „Ist es nicht genau das, was du wolltest?" „Doch schon" erwiderte ich zögerlich, „aber was ist, wenn wir keinen Job finden, wir uns unwohl oder einsam fühlen oder einfach feststellen, dass wir die falsche Entscheidung getroffen haben, oder noch schlimmer, du mich plötzlich nicht mehr leiden kannst und vielleicht sogar die Frau deiner Träume kennenlernst?" Jim schmunzelte: „Ja stimmt, das ist sogar sehr wahrscheinlich. Könntest du dir vorstellen, dich um den Haushalt zu kümmern, wenn sie bei uns einzieht?" Ich musste unvermittelt lachen: „Im Ernst" sagte ich ungeduldig, und Jim erwiderte: „Das *ist* mein Ernst, aber versprich mir, dass du nett zu ihr bist. Immerhin findet man seine Traumfrau nicht jeden Tag!" Jim neigte den Kopf zur Seite und lächelte mich an. Das war eine der Eigenschaften, für die ich Jim liebte. Er konnte mich, wenn er wollte, in einer Sekunde aus jedem Tief holen und zum Lachen bringen. „Nele, wie wir uns in Spanien fühlen werden, ob alles so klappt, wie wir es uns erhoffen, wie es ohne unsere Freunde und Familien sein wird, ob wir uns zoffen oder vertragen, wer weiß das schon. Die Frage ist, ob uns dieses

Abenteuer wichtig genug ist, dieses Risiko einzugehen. Und so wie ich das in den letzten Wochen und Monaten erlebt habe, inspiriert uns nichts mehr als dieser Plan. Also warum zur Hölle zerbrichst du dir deinen Kopf darüber? Selbst wenn wir hier in unserem gewohnten Leben, in unserem gewohnten Umfeld bleiben, kann uns niemand garantieren, dass wir uns immer lieben werden. Aber darauf kommt es auch gar nicht an, sondern darauf, dass wir es uns wünschen und alles daransetzen, dass das klappt! Und außerdem können die Hürden des Lebens eine Beziehung auch stärken." „Ja, oder auch beenden!" grummelte ich. Jim antwortet bestimmt: „Objektiv betrachtet ist es dann aber auch nicht die richtige Beziehung, oder?!" Ich spürte, dass Jim Recht hatte, wollte ihm diesen Triumph aber nicht gönnen. Wenn er meine Gedanken so spontan schachmatt setzte, kam ich mir manchmal nicht ernstgenommen vor. Das machte mich bisweilen echt wütend. Er sah mich an, als könne er meine Gedanken lesen: „Das heißt nicht, dass ich deine Angst nicht verstehe, Nele. Es wird *definitiv* eine Umstellung sein, aber weißt du was, ich glaub, das wird eine ganz neue und wichtige Erfahrung für uns! Und jetzt lass uns bestellen. Ich verhungere!"

Damit war das Thema beendet und ich dankbar, dass ich gar nicht dazu gekommen war, mich in eine Grundsatzdiskussion hineinzusteigern, die diesen schönen Abend mit Sicherheit zerstört hätte. Also atmete ich einmal tief durch, schüttelte die dunklen Gedanken ab und wendete mich der Speisekarte zu.

Plötzlich kam Pepe mit drei Gläsern Cava an unseren Tisch, die wir nicht bestellt hatten und verkündete feierlich: „Salud, amigos! Auf euch und eure wundervolle Zukunft en España! Ich möchte wetten, dass ihr gar nicht zurückkommen wollt, wenn ihr erstmal dort seid." Pepe lachte, und wir stießen die langstieligen Gläser mit einem kristallenen Klingen aneinander. „Auf *uns*!" betonte ich, während meine gute Laune, begleitet von einem vorfreudigen Hungergefühl, augenblicklich zurückkehrte.

Abnabelung nach 40 Jahren

Ich drückte mit zitternden Händen die *Enter*-Taste und atmete tief ein und wieder aus. Es war vollbracht, der Vertrag war unterzeichnet und auf dem Weg zu unserem neuen Vermieter, der, wie wir von Pepe erfahren hatten, sogar ein bisschen Deutsch konnte. Jim hatte mit Señor Fernandez telefoniert und noch einmal mit ihm das weitere Prozedere besprochen. Anschließend hatte er einen Schlüssel auf den zweiten Mai unseres Kalenders gekritzelt und mir beiläufig einen Kuss gegeben.

Zwischenmieter für unsere Wohnung hatten wir in-zwischen auch gefunden. Sie waren sehr nett, etwa in unserem Alter, gut situiert und froh, unser Inserat entdeckt zu haben. Tom war als Projektmanager von einer großen Firma, nicht weit von unserer Wohnung entfernt, und für die Dauer von einem Jahr, beauftragt worden, die Personalabteilung umzustrukturieren, und Lucy, seine Frau, wollte diese Zeit nutzen, um sich selbst zu finden, was auch immer das für sie bedeutete. Beide machten einen soliden Eindruck, so dass unsere Entscheidung am Ende unseres Kennenlerngesprächs bereits feststand, und da wir ein gutes Verhältnis zu unserem Vermieter hatten, überließ er uns vollständig die Abwicklung und Auswahl der Zwischenmieter. Zum Ende des Telefonats mahnte er uns lediglich, nach Ablauf des Jahres, auch ja wiederzukommen und seiner Frau und ihm beim nächsten gemeinsamen Kaffeetrinken ausführlich von unseren, hoffentlich nur guten, Erfahrungen im Ausland zu berichten. Eine weitere Hürde war geschafft.

Jetzt stand mir nur noch meine Kündigung bevor und dann hieß es Adiós Deutschland und Bien-venido España. Mein Herz klopfte vor Freude. Wir hatten beschlossen, nur das Nötigste mitzunehmen und uns auf zwei Koffer für jeden geeinigt – immerhin würden wir ja keine dicken Mäntel, Pullis und Schuhe benötigen. Unsere privaten Dinge, die wir nicht in der Wohnung lassen wollten, planten wir, zu meinen   Eltern zu bringen, denen ich die Neuigkeiten bereits feierlich beim letzten Telefonat geschildert hatte.

Ich war mir zuerst nicht ganz sicher gewesen, ob ich mit der ganzen Wahrheit am Telefon rausrücken sollte, aber manchmal waren die Anzeichen für den guten Ausgang eines kritischen Gesprächs schon zu Beginn des selben spürbar, und so gab ich den löchernden Fragen meiner Mutter freiwillig nach. Sie lachte fröhlich und rief meinen Vater zum Telefon, der erwartungsvoll neben meiner Mutter auf dem Sofa Platz nahm und meinen Aus-führungen über den Lautsprecher des Telefons lauschte. Als ich damit fertig war, ihnen zu erzählen, was mich und uns zu dieser Entscheidung bewegt hatte und wie weit die Planung bereits fortgeschritten war, sagte meine Mutter mit einer Mischung aus Erleichterung und Fürsorge in der Stimme: „Wir hatten schon Angst, dass ihr niemals ein solches Wagnis eingehen

79

und euch auf ein echtes Abenteuer einlassen würdet. Seitdem du klein warst, haben wir dich immer als besonnen, sparsam, vernünftig und vor allem ziemlich konservativ erlebt. Das ist sie eben, unsere Nele. Immer wolltest du genau wissen, was dich erwartet, was als nächstes passiert, um ja darauf eingestellt zu sein. Du hattest immer den Wunsch, alles um dich herum zu kontrollieren, um ja keiner unvorhergesehenen Situation ausgesetzt zu sein. Das hat deinen Vater und mich schon länger beschäftigt, weißt du?" „Wie meinst du das?" fragte ich etwas gekränkt und ergänzte: „Ich war doch schnell unabhängig, hab während des Studiums gearbeitet und nach dem Studium nahtlos meinen ersten Job gehabt. Ich habe euch doch nie einen Grund ge-geben, euch Sorgen um mich machen zu müssen." „Nelchen, Kleines" übernahm jetzt mein Papa das Wort: „Hier geht es nicht um Etwas-alleine-schaffen und darum, ein zufriedenstellendes Leben zu führen. Du hast Recht, du hast immer alles mit dir selbst ausgemacht, selbst während deines Burnouts. Du bist stark, du bist ja auch meine Tochter." Er lächelte, als er das sagte, das konnte man hören: „Aber du hast dich nie in den Mittelpunkt deiner eigenen Interessen gestellt. Immer wolltest du nach außen hin zeigen, dass du unabhängig bist, und das bist du auch. Wir sind unheimlich stolz auf dich und den Weg, den du gehst. Aber zum ersten Mal hast du dich wahrhaftig auf die Suche nach dem gemacht, was *du* dir für dein Leben wünschst. Du hast dich von niemandem beeinflussen lassen und du hast, zusammen mit Jim, deine Entscheidung getroffen, gegen ein überwiegend berechenbares Leben und für einen neuen Lebensabschnitt voller Möglichkeiten für dich selbst." Die Worte meines Vaters rührten mich zu Tränen, und ich konnte einen Moment lang gar nichts erwidern, während er fortfuhr: „Ich kenne eine Menge Leute, die ihr Leben lang davon träumen und reden, etwas zu verwirklichen, was sie niemals tun werden, weil ihnen der Mut dazu fehlt. Und ihr habt euch weder vom Nachwuchs-Genörgel eures Umfeldes, noch von den Karrierevorstellungen eurer Bekannten und auch nicht von dem, was man nach Meinung der Leute, sonst noch in eurem Alter so tun sollte, beeinflussen lassen, sondern habt euer Schicksal voller Zuversicht in die Hände genommen. Wir freuen uns so sehr für euch!"

Noch lange hallten diese Worte in mir nach, und plötzlich schämte ich mich insgeheim, dass ich Angst vor dem Anruf und der Reaktion meiner Eltern gehabt hatte, die mir so unmissverständlich klarmachten, wie sehr sie hinter mir standen und wie sehr sie mich liebten.

Panikflecken

„Sie wollten mich sprechen?" Zögerlich betrat ich das Büro meines Chefs, der über den Rand seiner rahmenlosen Brille von seinem Schreibtischstuhl zu mir aufsah. Sein Ton schüchterte mich ebenso sehr ein wie die Tatsache, dass ich strenggenommen einen Tag zu spät dran war, meinen Vertrag fristgerecht zu kündigen. Zwar entsprach das Datum des Vertrages dem aktuellen, jedoch gab es eine Zusatzvereinbarung vom letzten Jahr, die ein abweichendes Datum enthielt, das ich bei all dem Stress der vergangenen Wochen völlig vergessen hatte. Ich versuchte, meine Nervosität zu überspielen und möglichst gelassen zu wirken, was mir aber nicht im Geringsten gelang. „Ja, ähm, wenn es Ihnen gerade passt. Sonst komme ich später wieder" stammelte ich und war schon im Begriff, wieder zu gehen. „Nun kommen Sie schon rein, ich hab tausend Dinge um die Ohren. Was ist denn nun?" Er wirkte angespannt, und ich versuchte krampfhaft, meinen erhöhten Herzschlag und die Fleckenbildung meines Halses zu ignorieren. Entschlossen legte ich mit zittrigen Händen meine Kündigung auf den Tisch und sagte so bestimmt, wie es mir möglich war: „Ich möchte diese Stelle bitte kündigen. Es ist so, dass ich..." Ich rang nach den richtigen Worten und stellte mich bereits auf einen tiefen verbalen Rückschlag ein, während mich mein Vorgesetzter forsch unterbrach: „Gut, dann gehen Sie bitte zur Personalabteilung, um Ihren Resturlaub errechnen zu lassen,... und räumen Sie Ihren Schreibtisch." Er blickte mich nun direkt an, und sein Ton wurde kühl: „Wissen Sie, Frau Kampert, der Arbeitsmarkt ist ein Haifischbecken. Ich hoffe, Sie sind sich bewusst, dass so eine Stelle wie die Ihre nicht vom Himmel fällt. Und jetzt lassen Sie mich bitte weiterarbeiten." Ich drehte mich wie ferngesteuert um und verließ ohne ein weiteres Wort das Büro. Vor der Tür machte sich eine Mischung aus verletztem Stolz und unbändiger Freude breit. Auf dieses Gespräch hatte ich seit Monaten gewartet. Etliche Male hatte ich meinem Chef in Gedanken die Meinung zu seiner Führungsinkompetenz gesagt, hatte ihm wortstark klargemacht, dass er eine Mitarbeiterin wie mich nicht verdient hatte, und sein   Betteln, meine Kündigung zurückzuziehen, kühl lächelnd ausgeschlagen. Und obwohl das Gespräch ganz anders verlaufen war, als ich gehofft hatte, fiel mir nun ein so   großer Stein von meinem Herzen, dass ich mich augenblicklich unfassbar leicht fühlte. Ich tänzelte zum Büro der Personalabteilung, legte der Personalchefin die Kündigung hin und sagte ihr, dass ich meinen Chef bereits informiert hatte. Sie bedauerte meine Entscheidung, ignorierte das um einen Tag abweichende Datum mit einem Augenzwinkern und stempelte das Schriftstück korrekt ab. Da ich im laufenden Jahr noch keinen Urlaub genommen und vom Vorjahr noch etliche Überstunden hatte, fragte mich die Personalchefin, ob ich den Urlaub im Anschluss an mein Ausscheiden ausbezahlt haben wolle oder eine sofortige Freistellung vorziehen würde. Ich grinste und entschied mich dafür, den letzten Tag in diesem Büro verbracht zu haben. Auf dem Weg zurück zu meinem Schreibtisch lief mir Linda über den Weg und tönte: „Zu dir wollte ich gerade. Diese Akten sind für dich, und ich brauche sie mit Vermerk bis heute Abend zurück. Vielleicht musst du ein paar Überstunden machen. Tut mir leid." Ich schaute Linda an, wartete, bis sie den Stapel auf meinem Schreibtisch abgelegt hatte und nahm sie in den Arm, was sie vollständig verwirrte. Dann sagte ich mit ruhiger Stimme: „Nein Linda, tut mir leid, ich kann dir   diesen Gefallen leider nicht tun, denn ich habe gerade gekündigt. Und jetzt gehe ich nach Hause." Damit ließ ich sie stehen und machte mich daran, meine Schreibtischschublade auszuräumen. Linda sah mir bewegungslos dabei zu, während sie stammelte: „Aber... warum?" Ohne mein Tun zu unterbrechen entgegnete ich: „Weil das Leben mehr ist, als Akten zu sortieren. Ich werde in den nächsten Monaten ein bisschen was vom Rest der Welt sehen." Linda drehte sich, zum ersten Mal seit ich mich   erinnern konnte sprachlos, auf dem Absatz um und stapfte davon, während ich noch meinen Arbeits-Rechner bereinigte und vorausschauend den Verlauf des Internet-Explorers löschte. Zuletzt steckte ich das Foto von Jim und mir in die Tasche, zog meine Jacke vom Stuhl und verließ das Gebäude. Vor der Tür wehte mir der kalte Wind ins Gesicht, und ich machte mich tänzelnd und überglücklich auf den Weg nach Hause.

Eine grandiose Abschiedsfeier

Wortlos standen Jim und ich vor dem Eingang des El Destino, dessen Pforte ein, über einen Meter breit, gespanntes Tuch schmückte. Mit bunt gemalten Lettern stand dort *Vayas donde vayas ve con todo tu corazón. - Wohin du auch gehst, geh mit ganzem Herzen.* Jim und ich schauten uns zutiefst gerührt und lächelnd an, als die Tür sich öffnete. Pepe hatte bereits angekündigt, dass er die Organisation unserer Abschiedsfeier übernehmen würde, und wir hatten wir ihm diese Aufgabe dankbar überlassen und ihm die Telefonnummern gegeben, die ihm noch fehlten, um all unsere Freunde und unsere Familien einladen zu können. Und nun, da wir alles erledigt, unsere Koffer fertig gepackt hatten und das Restaurant betraten, blickten uns all diese Gesichter fröhlich an.

Wir glitten von einer Umarmung in die nächste. Selbst Freunde, die nicht gerade in der Nähe wohnten, waren gekommen, um diesen Abend mit uns zu verbringen und uns persönlich in unser Abenteuer zu verabschieden. Es war überwältigend. Pepe erhob als erster sein Glas und verschaffte sich die Aufmerksamkeit der Anwesenden, indem er es mit Hilfe eines kleinen Löffels erklingen ließ. Das Stimmengewirr ließ nach und ebbte schließlich vollständig ab. Alle schauten nun zu Pepe, der sichtlich gerührt war und den Moment sehr genoss. Feierlich hob er an: „Liebe Freunde und Familie, ihr seid alle gekommen, um Nele und Jim in den Stand der Ehe - äh, no, falscher Text..." Alles lachte, während Pepe gespielt verlegen erneut ausholte: „Nele und Jim sind für mich nicht nur Freunde geworden in den letzten Monaten. Sie sind an mein corazón, wie sagt man, Herz gewachsen wie ein Bruder und eine Schwester. Dass sie sich entschieden haben, euch, aber vor allem mich, für ein Jahr hier zurückzulassen, ist eine Schweinerei, äh cabrón?!" Er grinste Jim verschmitzt an, und erneut ging Gelächter durch den Raum. „Aber dass Nele und Jim sich *mein* Land für ihr Abenteuer ausgesucht haben, macht mich sehr stolz! Hermanos, ich liebe euch. Passt aufeinander auf und kommt bald voller Energie und guter Erfahrungen zurück. Erheben wir unsere Gläser. Salud!" Wie aus einem Mund tat es die Menge ihm nach, erhob die Gläser und rief ebenfalls *Salud*. Pepe bahnte sich seinen Weg durch die Menschenmenge und umarmte uns innig: „Ihr werdet mir sehr fehlen." „Du uns auch, hermano, du uns auch!"

Wir feierten, tanzten, aßen und tranken bis zum Morgengrauen, und ich wünschte mir, ich könnte diese Stimmung der Dankbarkeit und Freude und die Zeit mit meinen Liebsten festhalten. Mir war bewusst, dass das bevorstehende Jahr nicht nur einfach werden würde, aber ich war bereit dazu, das spürte ich ganz deutlich. Als die letzten Gäste gegangen waren, die wir zum Frühstück vorerst zum letzten Mal sehen würden, überkam mich eine zutiefst ergreifende Zufriedenheit. Ich hatte das Gefühl, mit mir vollkommen im Reinen zu sein.

In der Zeit vor unserer Entscheidung hatte ich mich so sehr auf der Suche und im Konflikt mit mir selbst und meinem eingefahrenen Weg befunden und hatte permanent mit mir und der Welt gehadert. Aber jetzt, da unsere Abreise unmittelbar bevorstand, fühlte es sich so natürlich und leicht an, mein altes Leben hinter mir zu lassen, dass ich gar nicht mehr verstand, warum ich nicht schon früher dazu bereit gewesen war, ihm eine neue Richtung zu geben.

Ich sah mich suchend nach Jim um, der mich in diesem Augenblick überraschenderweise direkt anschaute. Er kam auf mich zu und nahm mich in den Arm, während er mit Erleichterung in der Stimme flüsterte: „Das ist der Blick, in den ich mich vor über einem Jahrzehnt verliebt habe. Dieses Funkeln in deinen blauen Augen, die Energie, die dich umgibt, obwohl es vier Uhr morgens ist. Schön, dass du wieder da bist!" Er gab mir einen zärtlichen Kuss und strahlte mich an, während sich meine Augen mit Tränen füllten. Plötzlich wurde mir bewusst, wie verloren ich mich immer wieder gefühlt und wieviel Kraft es mich gekostet hatte, alles mit mir selbst auszumachen und für mich und Jim stark zu sein. Dabei hatte ich diesen wundervollen Mann an meiner Seite, der mir einmal mehr bewiesen hatte, dass das nicht nötig war, weil wir ein Team waren, das sich nun gemeinsam auf den Weg in eine unbekannte Zukunft machen würde, um sein Glück zu finden. Dankbar ließ ich mich in Jims Arme sinken, und auch er spürte, welche Last von meinen Schultern

gefallen war und wusste, dass es Tränen der Dankbarkeit und Liebe waren, die über meine Wangen
liefen.

Von Heul-Lach-Anfällen

Mit weichen Knien betraten wir das Terminal. Wir hatten uns für ein Taxi zum Flughafen entschieden, weil wir den ohnehin schon größer als erwarteten Abschieds-Schmerz nicht noch unnötig steigern wollten. Wir standen inmitten der riesigen Empfangshalle und blickten auf die Abflugtafel. Málaga, pünktlich. Jim und ich sahen uns lächelnd an und zogen unser Gepäck wortlos in Richtung Aufgabe-Schalter, wo eine freundliche Dame unsere sorgsam gepackten Koffer wog, mit einem Aufkleber versah und schließlich auf den Weg über das Förderband hinein in den Bauch des bereits bereitstehenden Fliegers schickte. Als sie unsere Tickets und Ausweise geprüft und uns die Bordkarten ausgehändigt hatte, sah sie auf: „Sie haben nur ein Hinflug-Ticket gebucht. Was haben Sie in Málaga vor?" Gespannt erwartete sie unsere Antwort. „Ein Jahr Abenteuer!" platzte es aus mir heraus. Jim lächelte erst mich, dann die Frau am Schalter an: „Sie haben die Dame gehört. Dem habe ich nichts hinzuzufügen." Er legte lachend seinen Arm um mich, und wir verabschiedeten uns im Gehen. „Na dann viel Erfolg!" rief uns die Frau vergnügt nach und wendete sich wieder den wartenden Passagieren zu.

Am Gate angekommen vergewisserten wir uns ein letztes Mal, dass wir richtig waren, holten uns eine Flasche Wasser und setzten uns auf eine der Bänke am Rand. Rückblickend kam mir alles noch so unwirklich vor, und die letzten Wochen waren nur so dahingeflogen. Es war kaum ein Tag vergangen, an dem wir vor ein Uhr morgens im Bett waren, ständig gab es noch etwas zu recherchieren, auszudrucken, zu besorgen; und wann immer ein Wochenende in Aussicht war, wo wir nichts anderes tun wollten als Ausspannen, kündigte sich Besuch an, über den wir uns natürlich sehr freuten, der auf der anderen Seite aber das Gegenteil von pünktlich ins Bett und Ausruhen bedeutete. Jims Nachfolger im Büro hatte sich zügig in seine neuen Aufgaben eingearbeitet und sein Chef war überaus zufrieden darüber. An Jims letztem Arbeitstag hatte er ihn zu sich ins Büro gerufen und ihm eine von allen Kollegen unterschriebene Karte überreicht. Darauf stand:

Und plötzlich weißt du,
es ist Zeit, etwas Neues zu beginnen
und dem Zauber des Anfangs zu vertrauen.
(Meister Eckhart)

In der Mitte der Klappkarte befand sich ein Scheck in Höhe des in der Firma üblichen Weihnachtszuschusses. Jim war sprachlos gewesen, und sein Chef hatte ihm beim Abschied dankend auf die Schulter geklopft, uns viel Spaß gewünscht und versichert, das Büro würde sich von Zeit zu Zeit sehr über ein Lebenszeichen freuen. Jim hatte es feierlich versprochen und war an diesem Tag überglücklich nach Hause gekommen. Für das letzte Wochenende vor unserem Abflug nach Spanien hatten wir den

Besuch bei meinen Eltern geplant. Das Auto war mit all unseren   persönlichen Sachen sowie Klamottensäcken vollgepackt, die wir in meinem alten Kinderzimmer zwischenlagern durften. Wir wollten Lucy und Tom wenigstens ein paar leere Schränke und Schubladen hinterlassen, und ich hatte die Chance genutzt, bergeweise Klamotten auszusortieren, die wir über Jahre in den Tiefen unserer Kleiderschränke gebunkert hatten. Aus irgendeinem Grund konnten wir uns nie motivieren, sie endlich zu sichten und uns von ihnen zu trennen. Aber nun hatten wir es geschafft, die Wohnung war ausführlich geputzt und ich hatte sogar auf den Schränken Staub gewischt, was bei mir zugegebenermaßen meist genau zweimal vorkam: beim Ein- und vor dem Auszug aus einer Wohnung. Wir waren zufrieden mit dem Ergebnis, und lediglich die vier großen Koffer im Flur störten das Bild einer nahezu perfekten und zur Übergabe bereiten Wohnung.

Meine Eltern konnten unsere Ankunft kaum erwarten, und noch bevor wir das Auto geparkt hatten, standen sie bereits freudestrahlend an der Haustür und winkten fröhlich. Ich liebte es, in dieses Haus meiner Kindheit zurückzukehren. Jedes Mal, wenn ich den Flur mit den mir so vertrauten Bildern an den Wänden betrat und mir der Duft der frisch gekochten, meist deftigen Leckereien meines Papas in die Nase stieg, umhüllte mich eine Gefühl tiefer Geborgenheit. Das war schon immer so und würde sich sicher auch nicht ändern, solange meine Eltern lebten. Sie umarmten uns fest, und während meine

91

Mama und ich noch im Flur standen, stießen Papa und Jim bereits fröhlich mit einem Bierchen an. Als ich die Küche betrat, traute ich meinen Augen nicht: meine Schwestern waren gekommen, um an diesem letzten Wochenende mit uns zusammen zu sein. Vor Rührung schossen mir die Tränen in den Augen, während meine Mutter schon längst schluchzend ihr Taschentuch bemühte, um ihren eigenen Tränen Einhalt zu gebieten. Und da fragte ich mich ernsthaft noch, von wem ich das wohl geerbt hatte? Nach einem ausgiebig über-schwänglichen Umarmungs-und-Küsse-Marathon, der mit einer Mischung aus Lachen und Heulen und einer Lautstärke einherging, die dann auch die Männer aus dem Wohnzimmer anlockte, ließen wir uns schließlich alle zum gemeinsamen Mittagessen nieder.

Mein Vater musterte uns Mädels eine nach der anderen und lächelte dankbar, wobei er die Hand meiner Mutter ergriff, die sein Lächeln erwiderte. Manchmal war ich mir nicht sicher, ob Jim, der ohne Geschwister aufgewachsen war, oder auch einer meiner Schwager, jemals Verständnis für unseren, von außen betrachtet manchmal sicher verstörend wirkenden, Umgang miteinander entwickeln würde. Sicher waren ihm nun, nach etlichen Jahren als Teil unserer Familie, manche unserer Marotten vertraut, dennoch verriet mir Jims Blick bisweilen, dass er beispielsweise die Fähigkeit der Frauen unserer Familie, im gleichen Moment herzzerreißend zu Heulen und unaufhaltsam zu Kichern, eher in einer psychischen Erkrankung vermutete, anstatt sie als liebenswerte Eigenart hinzunehmen. Vielleicht war das aber auch zu viel verlangt. Wann immer jedenfalls die Frauen unserer Familie auf einem Haufen zusammen waren, hatte ich vollstes Verständnis für den korrelativ ansteigenden Alkoholkonsum der anwesenden Männer.

Wir waren laut, kicherten kindisch, quasselten wild durcheinander und ergötzten uns an Frauenthemen jeder Art. Wahlweise wurden die Beziehungsprobleme entfernter Verwandter, Wünsche und Träume, die aktuellen Herausforderungen im Job oder die prämenstruellen Beschwerden der Anwesenden erörtert, wobei der rote Faden dieser Themen des öfteren durch schallendes Gelächter unterbrochen und im Anschluss nicht selten vergessen wurde. So konnten wir Stunden verbringen, ohne auch nur wahrzunehmen, wie die Zeit verging. Meist naschten wir nebenher irgendeine, von meiner Mutter liebevoll vorbereitete Leckerei, tauschten uns über getestete und jüngst verworfene Diäten aus und planten die nächste Mahlzeit. Ich liebte diese Atmosphäre inniger Vertrautheit, ohne Angst davor, Schwächen zu zeigen. Teil dieses Kleeblattes so unterschiedlicher, toller Frauen zu sein, machte mich stolz, wenngleich ich mit jeder von ihnen schon meine Krisen und Tiefen hatte. Aber vielleicht war es genau das, was uns so zusammenschweißte; nämlich das Wissen um die persönlichen Stärken und Schwächen und um die Erfahrung der gemeinsamen Überwindung selbst schwieriger Situationen und Streitereien.

Den Abend verbrachten wir alle zusammen im Wohnzimmer vor dem Kamin, während der Kater sich von Schoß zu Schoß vorarbeitete und sich schnurrend seine Streicheleinheiten abholte. Schließlich stand er mitten im Raum, gähnte, streckte sich ausführlich und machte sich auf den Weg zu seinem Plätzchen auf der Heizung in der Küche. Noch lange saßen wir beisammen, tranken Wein, lachten und unterhielten uns über Gott und die Welt, und ich versuchte, eng an meine Mama gekuschelt, den Gedanken zu verdrängen, dass dies für unbestimmte Zeit das letzte Mal sein würde, dass unserer Familie komplett war. Als wir am nächsten Morgen, nach einem ausgedehnten Frühstück in gewohntfröhlicher Runde, Abschied nahmen, war mein Herz unfassbar schwer. Ich löste mich schließlich aus der liebevollen Umarmung meiner Eltern, und genau dreißig Sekunden nachdem unser Auto außer Sichtweite war, überkam mich ein herzzerreißender Heulanfall.

„Na endlich" riss Jim mich aus meinen Gedanken. „Boarding".

Ein Himmel voller Zuversicht

Jim nahm einen Schluck aus der Wasserflasche und sah mich prüfend an: „Woran denkst du gerade?" Ich über-legte: „Keine Ahnung. Ist einerseits ein unfassbar gutes Gefühl, dass wir unseren Plan ab heute in die Tat umsetzen. Andererseits ist es aber auch irgendwie angsteinflößend, nicht zu wissen, was als nächstes kommt, oder?" Jim lächelte verständnisvoll: „Ja, schon. Allerdings gibt's nun mal keine Neuanfänge, ohne dafür etwas zurückzulassen und Risiken einzugehen. Das hat meine Oma immer gesagt. Und wir waren uns beide einig, dass wir dazu bereit sind: mit allen Konsequenzen." Er küsste mich auf die Nase und stand auf.

Sicher hatte Jim Recht, und vielleicht kam nun lediglich in mir zum Tragen, was meine Eltern schon lange wussten, nämlich dass ich mich eigentlich immer auf sicheren Pfaden bewegt hatte und nun zum ersten Mal aus meinem meist vorhersehbaren Alltag aussteigen würde. Und dass mich das etwas Überwindung und Mut kosten würde, leuchtete ein. Jim streckte mir seine Hand entgegen und zog mich hoch: „So, mein Frollein, und ab jetzt will ich dich lächeln sehen. Du wirst schon sehen, alles wird gut." Ich lächelte ihn an und schlang meine Arme um seinen Hals, während ich mit bedeutsamem Tonfall sagte: „Ich liebe dich! Hatte ich das schon erwähnt?" „Heute noch nicht" erwiderte er grinsend, und schließlich stellten auch wir uns am Ende der kürzer werdenden Menschenschlange an. Im Flieger angekommen rutschte ich zum Fensterplatz unserer Sitzreihe durch und verstaute meine Handtasche unter dem Vordersitz. Ich atmete tief durch und griff instinktiv nach Jims Hand. Ich war bereit. Bereit für einen neuen Abschnitt in meinem Leben, bereit, zu wachsen und an den neuen Erfahrungen zu reifen, bereit, dem Unberechenbaren entgegenzulächeln und dem Zauber des Anfangs zu vertrauen. Und während ich darüber nachdachte, waren sie plötzlich wieder da: die alles überlagernde Vorfreude und Zuversicht, die in den vergangenen Monaten Katalysator für alle Aufgaben und Hürden gewesen war. Der Flieger verließ seine Startposition und beschleunigte kraftvoll, und ich dachte voller Dankbarkeit an all die Möglichkeiten, die dieses neue unbekannte Kapitel unseres Lebens für uns bereithalten würde und blinzelte schnell die Freudentränen beiseite, um einen freien Blick auf die leuchtenden Farben zu erhaschen, welche die untergehende Sonne so vielversprechend am bunten Abendhimmel hinterlassen hatte.

Danksagung

Mein besonderer Dank gilt meiner wunderbaren Familie, die immer meine Inspiration und Anstifter fürs Schreiben war, insbesondere aber meiner kleinen Schwester, die als einzige in die Entstehung dieses Buches eingeweiht war, mich stets motiviert und unglaublich toll unterstützt hat.

Außerdem möchte ich dir, Amor, danken, dass du immer für mich da bist und wir auch nach so vielen Jahren und etlichen Hürden Seite an Seite gehen und die Abenteuerlust und den Glauben aneinander nicht verloren haben. Ich liebe dich.